KB024492

은하철도의 밤

은하철도의 밤

초판 1쇄 발행 2022년 3월 21일
초판 4쇄 발행 2024년 6월 14일

지은이 미야자와 겐지
옮긴이 김영진
펴낸이 남기성

펴낸곳 주식회사 자화상
인쇄,제작 데이타링크
출판사등록 신고번호 제 2016-000312호
주소 경기도 고양시 덕양구 꽃마을로 34, 1006호,1007호(향동동, DMC스타팰리스)
대표전화 (070) 7555-9653
이메일 sung0278@naver.com

ISBN 979-11-91200-52-2 00830

은하철도의 밤

미야자와 겐지 지음 | 김영진 옮김

자화
상

| 차례 |

은하철도의 밤

오후 수업

"그럼 여러분은 '강'이라고도 하고 '젖이 흐른 자국'이라고도 하는 이 희끄무레한 것이 사실은 무엇인지 알고 있나요?"

선생님이 칠판 앞에 걸어 놓은 커다란 검은색 별자리 지도에서 아래위로 이어지는 희뿌연 띠 같은 부분을 가리키며 아이들에게 물었습니다.

캄파넬라가 손을 들었습니다. 이어서 네다섯 명이 손을 들었습니다. 조반니도 손을 들려다가 그대로 멈추었습니다. 그것이 모두 별이라는 걸 언젠가 잡지에서 읽었지만, 요즘 조반니는 교실에서 늘 졸기만 할 뿐 책을 읽을 시간도, 읽을 책도 없어서 어쩐지 무엇도 잘 모르겠다는 기분이었습니다. 그런 조반니의 마음을 선생님은 금세 알아챘습니다.

"조반니, 너는 알고 있지?"

조반니는 기세 좋게 자리에서 일어섰으나 막상 일어서고 보니 자신 있게 대답할 수가 없었습니다. 앞자리에 앉은 자네리가 조반니를 돌아보며 킥킥 웃었습니다. 조반니는 당황해서 얼굴이 새빨개지고 말았습니다. 선생님이 다시 물었습니다.

"커다란 망원경으로 은하를 잘 살펴보면, 과연 무엇이 보일까요?"

답은 '별'이라고 생각했지만, 조반니는 이번에도 곧바로 대답할 수가 없었습니다.

선생님은 잠시 고민하는 듯하더니 캄파넬라 쪽으로 눈길을 돌려 말했습니다.

"그럼 캄파넬라가 답해볼까?"

힘차게 손을 들던 캄파넬라가 쭈뼛쭈뼛 일어서더니 역시 대답하지 못했습니다.

선생님은 의외라는 듯 잠시 캄파넬라를 바라보다가 "좋아, 됐어요." 하더니 별자리 지도를 가리키며 말했습니다.

"이 희뿌연 은하를 크고 성능 좋은 망원경으로 보면 수많은 작은 별로 보입니다. 조반니, 그렇죠?"

조반니는 얼굴이 새빨개진 채 고개를 끄덕였습니다. 그러나 조반니의 눈에는 어느새 눈물이 가득 고여 있었습니다.

'그래, 나는 알고 있었어. 캄파넬라도 알고 있었고. 캄파넬라의 아버지는 박사인데, 언젠가 캄파넬라의 집에 갔을 때 박사님 서재에 있는 잡지에서 봤어. 그뿐만이 아니라 캄파넬라는 그 잡지를 읽자마자 박사님의 서재에서 커다란 책을 들고 와 '은하' 부분을 펼쳤고, 우리는 새까만 페이지 가득 하얀색이 점점이 찍힌 아름다운 사진을 오랫동안 바라보았어. 캄파넬라가 그 일을 잊었을 리가 없어. 그런데 요즘 내가 아침저녁으로 일이 힘들어서 반 아이들과 잘 어울리지 못하고 캄파넬라와도 이야기하지 못하니까……. 캄파넬라도 그런 내가 안쓰러워서 일부러 대답하지 않은 거야.'

이런 생각이 들자 조반니는 자신과 캄파넬라가 측은해졌습니다. 선생님이 다시 말했습니다.

"만약 이 은하수를 진짜 강이라고 생각해보면, 이 작은 별 하나하나는 강바닥의 모래나 자갈에 해당하는 거예요. 또 이것을 거대한 젖이 흐른 자국이라고 생각해보면, 훨씬 더 은하수와 닮았어요. 이 별들은 젖 속에 미세하게 떠다니는 작은 지방 알갱이인 셈이지요.

그럼 강물에 해당하는 것은 무엇이냐 하면, 그것은 빛을 일정한 속도로 전달하는 '진공'이에요. 태양이나 지구 역시 진공 속에 떠 있습니다. 말하자면 우리도 은하수 속에 떠 있는 셈이죠.

그리고 물이 깊을수록 물빛이 푸르게 보이는 것처럼, 은하수 속에서 사방을 보면 은하수 바닥이 깊고 먼 곳일수록 별이 많이 모여 있는 듯 더 희뿌옇게 보이는 거예요. 자, 이 모형을 보세요."

선생님은 반짝이는 모래 알갱이가 잔뜩 들어 있는 커다란 볼록렌즈를 가리켰습니다.

"은하수 모양도 꼭 이와 같아요. 빛나는 알갱이 하나하나는 태양과 마찬가지로 스스로 빛을 내는 별이에요. 태양이 이 렌즈의 중간쯤에 있고 지구가 바로 옆에 있다고 해봅시다. 여러분이 밤에 이 한가운데 서서 이 렌즈 속을 들여다본다고 상상해보세요. 이쪽은 렌즈가 얇아서 미세하게 빛나는 알갱이, 즉 별이 조금밖에 보이지 않겠지요. 하지만 이쪽이나 이쪽은 유리가 두꺼워서 빛나는 알갱이, 즉 별이 많이 보이는데, 멀리 있는 것은 희뿌옇게 보이겠지요. 이것이 바로 오늘날의 '은하' 설입니다.

시간이 다 되었으니 이 렌즈의 크기가 어느 정도인지, 그 안의 다양한 별 이야기는 다음 과학 시간에 하겠습니다. 오늘은 '은하 축제'의 날이니 여러분도 밖에 나가서 하늘을 잘 살펴보세요. 그럼 수업을 마칠까요. 책과 공책을 넣으세요."

교실 안은 책상 덮개를 여닫거나 책을 집어넣는 소리로 한동안 소란스러웠다. 이윽고 다들 바르게 서서 인사한 후 교실을 나갔습니다.

인쇄소

조반니가 교문을 나설 때 교정 한구석의 벚나무 아래에 같은 반 친구들 일고여덟 명이 캄파넬라를 둘러싸고 모여 있었습니다. 오늘 밤 은하 축제에 푸른 등불을 밝혀 강에 띄울 하늘타리(박과의 여러해살이 덩굴풀로 7~8월에 자주색 꽃이 피고, 열매는 공 모양으로 누렇게 익는다) 열매를 따러 가자는 이야기를 하는 듯했습니다.

하지만 조반니는 팔을 크게 휘저으며 성큼성큼 교문을 빠져나갔습니다. 마을의 집들은 오늘 밤에 열리는 은하 축제를 맞이하여 주목(고산지대에 자라며 높이 15~20미터이며 잎은 피침 모양인 상록 침엽 교목으로, 조각, 건축재, 붉은빛의 염료로 쓰인다) 열매로 만든 구슬을 매달거나 노송나무 가지에 등불을 밝히는 등 이런저런 준비를 해놓고 있었습니다.

조반니는 집으로 돌아가지 않고 모퉁이를 세 번 돌아 커다란 활판 인쇄소로 들어갔습니다. 헐렁한 흰 셔츠 차림으로 입구 앞 계산대에 앉아 있던 사람에게 인사한 후 신발을 벗고 올라가 복도 막다른 곳에 있는 커다란 문을 열었습니다. 아직 낮인데도 불이 켜진 방에는 윤전기 여러 대가 웡웡 돌아가고 있었고, 천으로 머리를 동여매거나 전등갓처럼 생긴 모자를 쓴 사람들이 노래를 흥얼거리 듯 뭔가를 읽거나 세면서 열심히 일하고 있었습니다.

조반니는 문에서 세 번째 탁자에 앉아 있는 사람 앞으로 곧장 걸어가 인사를 했습니다. 그 사람은 잠시 선반을 뒤지더니 "이것만 찾아주고 가거라."라며 종이 한 장을 건넸습니다. 그 사람의 탁자 밑에서 납작한 상자 하나를 꺼낸 조반니는 앞쪽으로 가서 전등불이 밝혀진 벽의 한쪽 구석에 쭈그리고 앉아 작은 핀셋으로 좁쌀만 한 크기의 활자를 하나하나 골라내기 시작했습니다. 파란색 앞치마를 두른 사람이 조반니의 등 뒤로 지나가며 "어? 돋보기 왔네?"라고 놀리자 옆에 있던 네다섯 명이 소리를 내지도, 돌아보지도 않으며 냉담하게 웃었습니다.

조반니는 몇 번이나 눈을 비비며 활자들을 차례차례 골라냈습니다.

6시가 훌쩍 지났을 무렵, 조반니는 골라낸 활자가 가득 들어 있는 납작한 상자와 손에 든 종잇조각을 다시 한번 대조한 후 탁자 앞에 앉아 있는 사람에게 가지고 갔습니다. 그 사람은 말없이 상자를 받아들고는 고개를 살짝 끄덕였습니다.

조반니는 꾸벅 인사하고 방을 나가 문 앞 계산대로 갔습니다. 그러자 흰 셔츠를 입은 사람이 말없이 작은 은화 한 닢을 조반니에게 건넸습니다. 조반니는 금세 얼굴이 밝아져 기운차게 인사하고는 계산대 밑에 두었던 가방을 들고 밖으로 뛰어나갔습니다. 그리고 기분 좋게 휘파람을 불며 빵집에 들러 빵 한 덩어리와 각설탕 한 봉지를 사서 바람처럼 내달렸습니다.

집

조반니가 서둘러 돌아온 곳은 어느 뒷골목의 작은 집이었습니다. 나란히 서 있는 집들 중 가장 오른쪽 집 문 앞에는 보라색 양배추와 아스파라거스를 심은 궤짝이 놓여 있고, 두 개의 문과 나란히 나 있는 두 개의 창문에는 차양이 드리워져 있었습니다.

"엄마, 저 왔어요. 몸은 좀 어떠세요?"

조반니는 신발을 벗으며 물었습니다.

"아, 조반니, 어서 오렴. 일하느라 고생 많았지? 오늘은 날이 시원해서 그런지 몸 상태가 좋구나."

집 안에 들어서자 현관 바로 옆방에 하얀 이불을 덮고 누위 있는 엄마가 보였습니다. 조반니는 창문을 열었습니다.

"엄마, 오늘은 각설탕을 사 왔어요. 우유에 넣어드리려고요."

"너 먼저 마시렴. 엄마는 아직 생각이 없구나."

"누나는 언제 갔어요?"

"응, 3시쯤에. 이것저것 해놓고 갔단다."

"엄마, 우유가 아직 안 온 것 같은데요?"

"안 왔니?"

"제가 가서 받아올게요."

"나는 천천히 마셔도 되니까 너 먼저 마시렴. 누나가 토마토로 뭘 좀 만들어놓고 갔어."

"네, 먼저 먹을게요."

조반니는 창문 옆에 놓여 있던 토마토 주스를 가져와 빵과 함께 우걱우걱 먹었습니다.

"엄마, 아버지는 틀림없이 돌아오실 거예요."

"그래, 나도 그렇게 생각한단다. 그런데 너는 왜 그렇게 생각하니?"

"오늘 아침 신문에 올해에는 북쪽 지방에서 고기가 아

주 많이 잡혔다고 쓰여 있었거든요."

"하지만 아버지는 어쩌면 고기잡이하러 간 게 아닐지도 몰라."

"분명 고기잡이하러 가셨을 거예요. 아버지가 감옥에 갈 정도로 나쁜 짓을 했을 리가 없어요. 지난번에 아버지가 가져다주셔서 학교에 기증한 커다란 게딱지와 순록 뿔은 지금도 표본실에 있어요. 6학년 수업 시간에는 선생님들이 번갈아 교실에 가져가요."

"아버지가 이번에는 너에게 해달 가죽 겉옷을 가져다준다고 하셨지."

"나를 만나면 모두 그 말을 해요. 놀리듯이."

"아이들이 놀리니?"

"네, 하지만 캄파넬라는 절대 안 그래요. 캄파넬라는 다른 아이들이 그런 말을 하면 딱하다는 표정을 지어요."

"네 아버지와 캄파넬라의 아버지도 너희처럼 어린 시절부터 친구였다더구나."

"그래서 아버지는 나를 캄파넬라의 집에 데리고 갔던 거네요. 그때는 참 좋았는데, 나도 학교에서 돌아오는 길에 종종 캄파넬라의 집에 들렀어요. 엄마, 캄파넬라 집에는 알코올램프로 달리는 기차가 있어요. 레일 일곱 개를 맞추면 둥근 레일이 생겨요. 전봇대와 신호등도 있어서 기차가 지나갈 때면 신호등 불빛이 파란색으로 바뀌어요. 언젠가 한 번은 알코올이 떨어져서 석유를 썼더니 램프가 새까맣게 그을린 적도 있어요."

"그랬구나."

"지금도 매일 아침 신문을 돌리러 그곳에 가요. 하지만 집 안은 언제나 쥐 죽은 듯이 조용해요."

"이른 시간이니까."

"그 집에는 '자우엘'이라는 강아지가 있어요. 꼬리가 꼭 빗자루처럼 생겼어요. 내가 가면 코를 킁킁거리며 마을 모퉁이까지 계속 따라와요. 더 따라올 때도 있어요. 오늘 밤에 모두 하늘타리 등불(하늘타리는 박과의 여러해살이 덩굴풀로 열매는 공 모양으로 누렇게 익음. 열매 안쪽을 파서 불을 붙인 것)을 띄우러 강에 간대요. 분명 강아지도 따라올 거예요."

"그렇구나. 오늘 밤에 은하 축제가 있지."

"네. 저도 우유 가지러 갔다가 구경하고 올게요."

"그래, 다녀오렴. 강에는 들어가지 말고."

"네, 강가에서 구경만 할 거예요. 한 시간 안에 올게요."

"더 놀다 오렴. 캄파넬라와 함께라면 걱정 없으니까."

"같이 있을 거예요. 엄마, 창문 닫을까요?"

"그래 주겠니? 벌써 쌀쌀하구나."

조반니는 일어나 창문을 닫고 접시와 빵 봉지를 치운 다음 신발을 신고는 "그럼 한 시간 반 안에 돌아올게요." 라고 말한 후 어두운 문밖으로 나갔습니다.

켄타우루스 축제의 밤

조반니는 휘파람이라도 부는 듯이 입을 오므리고 노송나무가 시커멓게 늘어선 마을 언덕길을 쓸쓸히 내려갔습니다.

언덕 아래쪽에 키 큰 가로등 하나가 파르스레 빛나고 있었습니다. 조반니가 성큼성큼 걸어 가로등 쪽으로 내려가자 지금까지 요괴처럼 길고 희미하게 따라오던 조반니의 그림자가 점점 짙어지고 선명해져 발을 들기도 하고 손을 휘젓기도 하며 조반니 옆으로 돌아왔습니다.

'나는 멋진 기관차야. 여기는 내리막이니까 속도가 빨라. 나는 지금 막 가로등을 지나쳤어. 와, 내 그림자는 컴퍼

스인가 봐. 이번에는 저렇게 빙 돌아 나를 앞질러 갔어.'

조반니가 이런 생각을 하며 큰 걸음으로 가로등 밑을 지나왔을 때 깃이 뾰족한 새 셔츠를 입은 같은 반 자네리가 가로등 맞은편의 어두운 골목에서 나와 조반니를 휙 스치고 지나갔습니다.

"자네리, 하늘타리 띄우러 가니?"

조반니의 말이 채 끝나기도 전에, "조반니, 네 아버지가 해달 가죽 겉옷을 가져다준다며?" 하고 자네리가 등 뒤에서 내뱉듯이 소리쳤습니다.

조반니는 순간 가슴이 싸늘해지고 머릿속이 찡 울리는 것 같았습니다.

"뭐라고 했어, 자네리?"

조반니가 날카롭게 되받아 소리쳤지만 자네리는 벌써 건너편의 노송나무가 있는 집으로 들어가버렸습니다.

'내가 뭘 어쨌다고 저러는 걸까? 달릴 때는 꼭 쥐새끼 같은 주제에…… 아무 짓도 안 한 내게 저런 말을 하는 건 자네리가 바보라서야.'

조반니는 끊임없이 이런저런 생각을 하며 각종 등불과

나뭇가지로 매우 아름답게 꾸며진 거리를 걸었습니다. 네온등이 환하게 켜진 시계 가게를 들여다보니 돌로 만든 올빼미의 빨간 눈이 1초에 한 번씩 뒤룩뒤룩 움직이고, 바다 빛깔의 두꺼운 유리 원반 위에서는 갖가지 보석이 별처럼 천천히 저쪽으로 돌아가고 구리로 만든 반인반마가 천천히 이쪽으로 돌아오고 있었습니다.

또 유리 원판 한복판에는 푸른 아스파라거스 잎으로 꾸민 검은색 별자리 조견판(천구를 평면으로 표현하여 어떤 시간, 어떤 위치에 어떤 별자리가 있는지 쉽게 알아볼 수 있도록 만든 기구)이 있었습니다. 조반니는 넋을 잃고 별자리 조견판을 바라보았습니다.

낮에 학교에서 본 별자리 지도보다 크기는 훨씬 작았지만, 날짜와 시간에 맞춰 판을 돌리면 그날 그 시간에 떠 있는 별들이 조견판의 둥근 하늘에 그대로 나타났습니다. 한가운데는 희뿌연 띠 모양의 은하가 아래위로 길게 이어져 있었고, 아래쪽은 조그만 폭발이 일어나 연기가 피어오르는 것처럼 보였습니다. 또 그 뒤편에는 삼각대 위에 놓인 조그만 금빛 망원경이 빛났고, 맨 뒤쪽 벽에는 하늘의 모든 별자리를 괴물, 뱀, 물고기, 병 모양으로 표현해놓은 커다란 지도가 걸려 있었습니다.

'정말 하늘에도 전갈이나 용사 같은 것으로 가득할까? 아, 저 별들 사이를 끝없이 걸어보고 싶다.'

이런 생각을 하며 잠시 멍하니 서 있었습니다. 그러다 갑자기 엄마가 드실 우유 생각이 떠올라 조반니는 가게 앞을 떠났습니다. 윗옷 어깨가 꽉 끼어서 불편했지만 가슴을 펴고 팔을 크게 휘저으며 걸었습니다.

맑은 공기는 거리와 가게로 물처럼 흘러들고, 가로등은 푸른 전나무와 졸참나무 가지들에 둘러싸이고, 전기 회사 앞의 플라타너스 여섯 그루에는 가지마다 꼬마전구들이 밝혀져 인어의 도시처럼 보였습니다. 아이들은 저마다 새로 주름을 잡은 옷을 입고 〈별 구경〉이라는 노래를 휘파람으로 부르거나 "켄타우루스, 이슬을 내려라!" 하고 소리치며 뛰어다니거나 푸른 마그네시아(시멘트 원료. 의약품 등에 쓰이는 산화마그네슘) 폭죽을 터뜨리며 즐겁게 놀고 있었습니다. 그러나 조반니는 다시 고개를 푹 숙인 채 주위의 떠들썩한 분위기와는 전혀 어울리지 않는 생각을 하며 우유 보급소 쪽으로 걸음을 옮겼습니다.

조반니는 이윽고 별들이 총총한 밤하늘에 미루나무 여러 그루가 솟아 있는 마을 변두리에 이르렀습니다. 우유 보급소의 검은 문 안으로 들어간 조반니는 소 냄새가 나는 어두침침한 부엌 앞에 서서 모자를 벗고 "실례합니다." 하고 말했습니다. 하지만 아무도 없는지 보급소 안은 고요하기만 했습니다.

"안녕하세요, 실례합니다."

조반니는 등을 쭉 펴고 다시 소리쳤습니다. 한참 뒤에야 나이가 지긋한 여자가 몸이 아픈 듯 느릿느릿 걸어 나와 무슨 일이냐고 웅얼거렸습니다.

"저, 오늘 우유가 배달되지 않아서 가지러 왔어요."

조반니는 큰 소리로 말했습니다.

"지금은 아무도 없단다. 내일 오너라."

그 사람은 충혈이 된 눈 밑을 비비며 조반니를 내려다보았습니다.

"엄마가 아프셔서 오늘 가져가야 해요."

"그럼 이따가 다시 와보렴."

그러고는 그 사람은 돌아서 들어갔습니다.

조반니는 "그렇습니까? 고맙습니다."라고 인사하고 부엌에서 나왔습니다.

네거리 모퉁이를 돌아서려는데 건너편 다리 쪽으로 가는 길에 있는 잡화점 옆에 검은 그림자와 희끄무레한 셔츠가 뒤섞여 있었습니다. 학생들 예닐곱 명이 휘파람을 불거나 웃으며 손마다 하늘타리 등불을 들고 다가왔습니다. 웃음소리도 휘파람 소리도 모두 귀에 익었습니다. 조반니네 반 아이들이었기 때문이지요. 조반니는 자신도 모르게 가슴이 철렁 내려앉아 돌아서려고 했지만 생각을 바꿔 힘차게 아이들 쪽으로 걸어갔습니다.

"강에 가는 거야?"

조반니가 이렇게 말하려고 했으나, 목이 조금 잠긴 것 같다고 느꼈을 때 자네리가 소리쳤습니다.

"조반니에게 해달 가죽 겉옷이 생긴대."

곧바로 모두 덩달아 큰 소리로 외쳤습니다.

"조반니에게 해달 가죽 겉옷이 생긴대."

조반니는 얼굴이 새빨개져 어디로 가야 할지도 모른

채 그 자리를 피했습니다. 아이들 중에 캄파넬라가 있었습니다. 캄파넬라는 애처로운 표정으로 말없이 웃고는 화나지 않느냐는 듯 조반니를 바라보았습니다.

조반니는 도망치듯 그 눈길을 피하며 키 큰 캄파넬라 옆을 지나쳤고 아이들은 곧바로 휘파람을 불었습니다. 길모퉁이를 돌아가며 뒤돌아보니 자네리도 뒤돌아보고 있었습니다. 캄파넬라도 휘파람을 높이 불며 희미하게 보이는 맞은편 다리 쪽으로 걸어가버렸습니다. 조반니는 뭐라 말할 수 없이 쓸쓸해져 갑자기 달음박질치기 시작했습니다. 그러자 귀에 손을 대고 와와 소리치며 한 발로 콩콩뛰고 있던 어린아이들이 조반니가 신이 나서 뛰어가는 줄알고 와하고 목청껏 소리를 질렀습니다.

조반니는 검은 언덕을 향해 곧장 내달렸습니다.

천기륜 기둥

목장 뒤쪽 검고 평평한 언덕마루는 북쪽 하늘의 큰곰자리 아래에서 평소보다 희미하고 낮아 보였습니다.

조반니는 벌써 이슬이 내리기 시작한 좁다란 샛길을 성큼성큼 걸어 올라갔습니다. 새까만 풀과 갖가지 모양의 덤불 사이로 난 작은 길에 새하얀 한 줄기 별빛이 비치고 있었습니다. 풀 속에는 파랗게 반짝이는 작은 벌레도 있어서 어떤 잎은 파르스레하게 보였습니다. 조반니는 그 모습이 꼭 좀 전에 아이들이 들고 가던 하늘타리 등불 같다고 생각했습니다.

검은 소나무와 졸참나무 숲을 벗어나자 갑자기 드넓은

하늘이 펼쳐지며 희뿌연 은하수가 남쪽에서 북쪽으로 기다랗게 흐르는 것이 보이고 또 언덕 꼭대기의 천기륜(天氣輪, 절에 있는 화강암 기둥으로 위쪽에 둥근 쇠바퀴를 끼워서 빙글빙글 돌리며, 날이 개고 비가 오기를 기원한다) 기둥도 뚜렷이 보였습니다. 주위에는 초롱꽃인지 들국화인지 모를 꽃이 마치 꿈속 한 장면처럼 피어 있고, 언덕 위로는 새 한 마리가 지저귀며 날아갔습니다.

조반니는 언덕 꼭대기의 천기륜 기둥 아래에 이르러서야 차가운 풀밭에 지친 몸을 누였습니다. 마을 불빛은 마치 바닷속 궁전의 불빛처럼 어둠을 밝혔고, 아이들의 노랫소리와 휘파람 소리 그리고 소리지르는 소리가 끊어졌다 이어졌다 하며 희미하게 들려왔습니다. 멀리서 바람이 울어 언덕 위의 풀이 가만가만 흔들리고 조반니의 땀에 젖은 셔츠도 차갑게 식었습니다.

들판에서 기차 소리가 들려왔습니다. 작은 기차에 일렬로 늘어선 창문들은 작고 붉어 보였는데, 그 안에서 여행객들이 사과를 깎거나 웃거나 이런저런 일을 하고 있을 것이라고 상상하니 조반니는 말할 수 없이 슬퍼져 다시 하늘을 쳐다보았습니다.

'아, 하늘의 저 희뿌연 띠는 모두 별이라고 했지.'

그러나 아무리 보아도 하늘은 낮에 선생님이 하신 말씀처럼 텅 비고 차가운 곳 같지 않았습니다. 보면 볼수록 작은 숲이나 목장이 펼쳐진 들판 같았습니다. 조반니는 거문고자리의 푸른 별이 세 개로 네 개로 반짝이며 몇 번이나 빛줄기가 나오기도 하고 들어가기도 하다가 마침내 버섯처럼 기다랗게 뻗는 것을 보았습니다. 그리고 눈 아래 내려다보이는 마을까지도 수많은 별이 뭉쳐진 희미한 덩어리나 거대한 연기처럼 보였습니다.

은하 정거장

조반니는 등 뒤의 천기륜 기둥이 언젠가부터 희미한 삼각표(삼각뿔 모양의 측량용 탑) 모양으로 바뀌어 반딧불처럼 깜박거리는 것을 보았습니다. 삼각표가 점점 더 선명해지더니 마침내 조금의 미동도 없이 짙푸른 하늘 들판 위에 섰습니다. 갓 벼려낸 푸른 강철과 같이 짙은 하늘 들판 위로 시원하게 뻗어 오른 것입니다.

어디선가 "은하 정거장, 은하 정거장." 하는 이상한 소리가 들리나 싶더니, 마치 수억만 마리의 불똥꼴뚜기(반딧불오징어과이며 약 6센티미터의 전신에 다수의 발광기가 있다. 일본 특산으로 도야마현에서는 5월경 산란을 위해 해안 근처까지 밀려왔으며 일본천연기념물이다)의 빛을 한꺼번에 화석으로 만들어 온 하늘에 박아 넣은 것처럼, 마치 다이아몬드 회사에서 가격이 내려가지 않도록 몰래 숨겨 두었던 다이아몬드를 누군가 한순간에 모조리 흩뿌려놓은 것처럼 별안간 눈앞이 밝아져 조반니는 자기도 모르게 몇 번이나 눈을 비볐습니다.

정신이 들고 보니 아까부터 덜컹덜컹, 조반니가 탄 작은 열차가 소리를 내며 달려가고 있었습니다. 작고 노란 전등이 늘어선 객실에 앉아 창밖을 바라보았습니다. 푸른 벨벳을 씌운 의자는 대부분 비어 있었고 맞은편 잿빛 벽에는 커다란 놋쇠 버튼 두 개가 번쩍이고 있었습니다.

바로 앞자리에는 젖은 듯 새까만 옷을 입은 키 큰 아이가 창밖으로 고개를 내밀고 밖을 내다보고 있었습니다. 그 아이의 어깨 언저리가 아무래도 어디선가 본 것 같아 누군지 궁금해서 견딜 수가 없었습니다. 그래서 창밖으로 고개를 내밀어 보려는 순간, 갑자기 그 아이가 고개를 집어넣고 이쪽을 보았습니다.

그 아이는 캄파넬라였습니다.

"캄파넬라, 너 아까부터 여기 있었어?" 하고 조반니가 물어보려는데 캄파넬라가 먼저 말했습니다.

"모두 열심히 달렸는데 늦어버렸어. 자네리도 열심히 달렸는데 따라잡지 못했어."

조반니는 '그래, 우리는 지금 함께 여행을 떠난 참이구나.'라고 생각하며 "어디쯤에서 아이들을 기다릴까?" 하고 물었습니다.

그러자 캄파넬라가 말했습니다.

"자네리는 벌써 집에 돌아갔어. 아버지가 데리러 왔거든."

그렇게 말하는 캄파넬라의 얼굴빛이 왠지 모르게 조금 창백해 어딘가 아파 보였습니다. 그러자 왠지 조반니도 어딘가에 뭘 놓고 온 듯 묘한 기분이 들어 입을 다물고 말았습니다.

하지만 캄파넬라는 금세 기운을 되찾은 듯 창밖을 내다보며 쾌활하게 말했습니다.

"아, 어떡하지. 물통을 놓고 왔어. 스케치북도 안 가져 왔고. 하지만 괜찮아. 이제 곧 백조 정거장이니까. 난 백조 보는 걸 정말 좋아해. 강 저편으로 멀리 날아가도 나는 분명 알아볼 수 있을 거야."

그러면서 캄파넬라는 둥근 나무판처럼 생긴 지도를 계속 빙글빙글 돌리며 바라보았습니다. 지도에는 하얗게 표시된 은하수 왼쪽 기슭을 따라 한 줄기 철로가 남쪽으로, 남쪽으로 기다랗게 뻗어 있었습니다. 그 지도의 훌륭한 점은 밤처럼 새까만 둥근 판 위에 열한 개 정거장과 삼각표, 샘물과 숲이 파랑, 주황, 초록 같은 아름다운 빛깔로 표시되어 있다는 것입니다. 조반니는 그 지도를 어디선가 본 듯했습니다.

"이 지도 어디서 났어? 흑요석으로 만든 거네."

조반니가 물었습니다.

"은하 정거장에서 받았어. 너는 못 받았어?"

"아, 내가 은하 정거장을 지나쳤나? 지금 우리가 있는 곳이 여기지?"

조반니가 백조라고 쓰인 정거장 표시 바로 위쪽을 가리켰습니다.

"그래, 그런데 저 마른 강바닥은 달빛에 빛나는 걸까?"

캄파넬라가 가리키는 곳을 보니, 푸르스름하게 빛나는

은하 기슭 주위에 가득한 은빛 억새가 바람에 사각사각 흔들리며 물결치고 있었습니다.

"달빛에 빛나는 게 아니야. 은하라서 빛나는 거야."

조반니는 폴짝폴짝 뛸 만큼 유쾌해져서 발을 구르며 창밖으로 얼굴을 내밀고는 〈별 구경〉을 휘파람으로 불며 한껏 발돋움하여 은하수를 보려고 했습니다. 처음에는 잘 보이지 않았지만 좀 더 주의 깊게 보니 강물은 유리보다도 수소보다도 투명하여 눈의 착각인지 때때로 찰랑찰랑 보랏빛 잔물결을 일으키기도 하고 무지개처럼 빛나기도 하면서 소리 없이 흘러갔습니다. 들판에는 이쪽에도 저쪽에도 인광(燐光)이 나는 삼각표가 멋지게 서 있었습니다. 멀리 있는 것은 작게, 가까이 있는 것은 크게, 멀리 있는 것은 오렌지빛이나 노란빛으로 또렷하게, 가까이 있는 것은 푸른빛으로 흐릿하게 보였고, 삼각형, 사각형 혹은 번 개나 사슬 모양으로 늘어서서 들판 가득 빛나고 있었습니다. 조반니는 가슴이 두근두근하여 머리를 힘차게 흔들었습니다. 그러자 그 아름다운 들판의 푸른빛, 오렌지빛처럼 여러 빛깔로 빛나는 삼각표가 제각기 숨 쉬는 것처럼 떨렸습니다.

조반니가 왼손을 창밖으로 뻗어 앞쪽을 가리키며 말했습니다.

"이제 하늘 들판에 왔어. 근데 이 기차는 석탄을 때지 않네."

"알코올이나 전기를 사용하겠지."

캄파넬라가 대답했습니다. 그러자 그에 답하는 것처럼 저 멀리서 첼로 선율처럼 웅장한 소리가 아스라이 들려왔습니다.

"이 기차는 스팀이나 전기로 움직이는 게 아니야. 그냥 움직이기로 정해져 있어서 움직이는 거야. 다들 덜컹덜컹 소리를 내고 있다고 생각하지만, 그것은 지금까지 그런 소리를 내는 기차에 익숙해져 있기 때문이야."

"그 소리, 나도 몇 번이나 들었어."

"나도 숲속이나 강에서 몇 번이나 들었어."

덜컹덜컹, 작고 예쁜 기차는 바람에 흔들리는 하늘의 억새밭 사이를, 은하수와 삼각점이 뿜어내는 푸르스름한 빛 속을 끝없이 달려갔습니다.

"아, 용담꽃이 피었네. 이제 정말 가을이구나."

캄파넬라가 창밖을 가리키며 말했습니다. 철로 옆 작은 잔디 사이에 월장석으로 빚은 듯한 보랏빛 용담꽃이 피어 있었습니다.

"내가 뛰어내려서 저 꽃을 꺾어올까?"

조반니는 한껏 들떠서 말했습니다.

"이미 늦었어. 벌써 저렇게 멀어져버렸는걸."

캄파넬라의 말이 끝나기도 전에 또 다른 용담꽃 무리가 환하게 빛나며 지나갔습니다.

계속해서 노랑 받침 위에 얹힌 수많은 용담꽃 무리가 솟아나듯 비 내리듯 눈앞을 스쳐 지났고, 삼각표 행렬은 번지듯 타오르듯 더욱더 밝게 빛났습니다.

북십자성과 플라이오세 해안

"엄마가 나를 용서해주실까?"

느닷없이 캄파넬라가 초조해하며 더듬더듬 말했습니다.

'아, 그렇지. 지금 어머니는 저 멀리 한 점 티끌로 보이는 주황빛 삼각표 근처에서 내 생각을 하고 계시겠지.' 하고 조반니는 멍하니 생각했습니다.

"나는 엄마가 정말로 행복해질 수 있다면 무슨 일이라도 할 수 있어. 그런데 엄마는 과연 무슨 일에 가장 행복해하실까?"

캄파넬라는 울음이 터지려는 것을 가까스로 참고 있는 듯했습니다.

"너희 엄마는 특별히 힘든 일은 없잖아?"

조반니가 깜짝 놀라 물었습니다.

"난 잘 모르겠어. 그런데 누구나 정말로 좋은 일을 할 때 가장 행복할 거야. 그러니까 엄마는 나를 용서해주실 거야."

캄파넬라는 뭔가 결심한 듯했습니다. 갑자기 기차 안이 환하게 밝아졌습니다. 창밖으로는 다이아몬드와 이슬과 온갖 아름다운 것을 한데 모아놓은 듯 눈부시게 찬란한 은하 바닥 위로 강물이 소리도 없이 흘러가고, 그 물줄기 가운데 푸르스름한 후광이 비치는 섬 하나가 보였습니다. 그 섬의 평평한 꼭대기에는 눈이 번쩍 뜨일 만큼 멋진 하얀 십자가가 얼어붙은 북극의 구름으로 만든 듯 선명한 황금빛 후광에 둘러싸여 언제까지나 고요히 서 있었습니다.

"할렐루야, 할렐루야."

앞쪽에서도 뒤쪽에서도 소리가 났습니다. 돌아보니 기차 안의 모든 손님이 옷 주름을 늘어뜨리고 서서 검은 성경책을 가슴에 대거나 수정 묵주를 돌리며 한결같이 두 손을 모으고 경건하게 기도하고 있었습니다. 조반니와 캄파넬라도 엉겁결에 일어섰습니다. 캄파넬라의 뺨은 마치 잘 익은 사과처럼 아름답게 빛났습니다.

섬과 십자가가 서서히 뒤로 물러났습니다. 건너편 강기슭도 푸르스름하게 빛나며 흐려졌고 때때로 은빛 억새가 바람에 흔들리는 듯 은빛이 흐려지는 것이 마치 숨결이라도 내뿜는 것처럼 보였습니다. 또 많은 용담꽃은 풀잎 사이로 숨었다 나타났다 하는 모양이 마치 어슴푸레한 도깨비불 같았습니다.

그것도 잠시, 백조 섬은 강과 기차 사이에 줄지어 늘어선 억새에 가려 뒤편으로 두어 번 보이다가 그마저도 이내 멀어져 작은 그림처럼 되고, 다시 억새가 서걱대는 소리를 내더니 마침내 완전히 보이지 않았습니다. 조반니 뒤에는 언제부터 타고 있었는지 키 크고 검은 머리쓰개를 뒤집어쓴 가톨릭 수녀가 앉아 있었는데, 동그란 초록빛 눈동자를 아래로 떨어뜨린 채 백조 섬에서 어떤 소리가 들려올지 경건히 귀 기울이고 있는 것처럼 보였습니다. 여행객들은 조용히 자리로 돌아갔고, 조반니와 캄파넬라도 가슴속 가득한, 슬픔 비슷한 새로운 감정을 서로 다른 표현으로 무심히 주고받았습니다.

"이제 곧 백조 정거장이구나."

"응. 11시 정각에 도착할 거야."

어느덧 차창 밖으로 신호기의 초록 불빛과 노란 불빛과 희끄무레한 기둥이 빠르게 스쳐 가고 유황 불꽃처럼 칙칙한 전철기(철로가 갈리는 곳에서 철로의 방향을 바꾸는 장치) 앞의 불빛이 창 아래로 지나쳐 가자, 기차는 서서히 속력을 줄였습니다. 이어서 플랫폼에 일렬로 나란히 늘어선 전등들이 차례차례 나타나고 그 불빛이 점점 더 넓게 퍼졌을 때 조반니와 캄파넬라는 백조 정거장의 커다란 시계 앞에 멈춰 섰습니다.

상쾌한 가을, 시계 숫자판의 파랗게 달궈진 강철 바늘 두 개가 정확히 11시를 가리키고 있었습니다. 승객들이 모두 내려 기차 안은 텅 비어버렸습니다.

시계 아래에는 '20분간 정차'라고 쓰여 있었습니다.

"우리도 내릴까?" 하고 조반니가 물었습니다.

"내리자." 하고 두 사람은 동시에 벌떡 일어나 문을 열고 나가 개찰구로 향했습니다. 그런데 개찰구에는 보랏빛 전등 하나가 밝혀져 있을 뿐 아무도 없었습니다. 주위를 둘러보았으나 역장이나 짐꾼 같은 사람의 그림자조차 보이지 않았습니다.

두 사람은 역 앞에서 수정 세공품처럼 예쁜 은행나무로 둘러싸인 작은 광장으로 나왔습니다. 그곳에는 은하의 푸른빛 속으로 곧게 뻗어 있는 넓은 길이 있었습니다. 조금 전에 내린 사람들은 벌써 어디로 갔는지 한 사람도 보이지 않았습니다. 두 사람이 새하얀 길을 나란히 걸어가자 둘의 그림자는 마치 사방에 창이 난 방을 떠받치는 두 기둥의 그림자처럼, 두 바퀴의 바큇살처럼 이리저리 뻗어나갔습니다. 이윽고 둘은 기차 안에서 보았던 아름다운 강가에 이르렀습니다.

캄파넬라가 강가의 아름다운 모래알 한 줌을 집어 손바닥 위에 얹고는 손가락으로 뽀득뽀득 굴리며 꿈꾸는 듯한 어조로 말했습니다.

"이 모래는 모두 수정이야. 안에서 작은 불꽃이 타고 있어."

"그래."

'내가 이런 걸 어디서 배웠지?'라고 생각하며 조반니는 멍하니 대답했습니다.

강가의 모래알은 모두 투명했는데 수정과 황옥, 물결 모양으로 주름진 것, 모서리에서 안개처럼 푸르스름한 빛을 내는 사파이어가 있었습니다. 조반니는 물가로 뛰어가 물에 손을 담갔습니다. 신비로운 은하수는 수소보다도 더 투명했습니다. 하지만 수면과 맞닿은 손목 언저리가 살짝 수은빛을 띠고 있는 것과 손목에 부딪혀 생긴 잔물결이 아름다운 푸른빛으로 타오르듯 반짝이는 것만 보아도 강이 흐르고 있음을 분명히 알 수 있었습니다.

상류를 보니 억새가 무성한 절벽 아래에 운동장처럼 너르고 평평한 하얀색 바위가 강을 따라 옆으로 비죽 튀어나와 있었습니다. 바위 위에 대여섯 명의 작은 그림자가 뭔가를 땅속에 묻거나 파는 듯 일어서기도 하고 앉기도 했고, 언뜻언뜻 연장 같은 것이 번쩍이기도 했습니다.

"가보자."

두 사람은 거의 동시에 소리치고는 그쪽으로 뛰어갔습니다. 하얀 바위의 맨 앞머리에는 '플라이오세(Pliocene, 鮮新世, 500만 년 전부터 180만 년 전 사이의 신생대 지질시대에

속하고 제3계 지질계통을 포함하며 국지적 연안퇴적이 이루어
진 시대) 해안'이라고 적힌 반들반들한 도자기 푯말이 세
워져 있고, 맞은편 강가 곳곳에는 가느다란 철로 만든 난
간과 아름다운 나무 벤치가 있었습니다.

"어? 이상한 게 있어."

캄파넬라가 신기하다는 듯 멈춰 서더니 바위에서 검고
길쭉하며 끝이 뾰족한 호두열매 같은 것을 주웠습니다.

"호두열매야. 이것 봐, 많이 있어. 떠내려온 게 아니야.
바위 사이에 끼어 있어."

"정말 크네. 보통 호두보다 두 배는 더 되겠어. 이건 상
처 하나 없이 멀쩡해."

"어서 저쪽으로 가보자. 분명 뭔가를 파내고 있을 거야."

두 사람은 까끌까끌한 검은 호두열매를 들고 앞으로
나아갔습니다. 왼쪽 물가에서는 약한 번개가 치듯 물결이
밀려오고 오른쪽 절벽에는 은과 조개껍데기로 만든 듯한
억새 이삭이 흔들리고 있었습니다.

가까이 가보니 키 크고 두꺼운 안경을 쓰고 장화를 신
은 학자인 듯한 사람이 수첩에 뭔가를 급히 적으며, 곡괭

이나 작은 삽으로 땅을 파고 있는 조수인 듯한 사람 셋에게 정신없이 갖가지 지시를 내리고 있었습니다.

"거기 그 돌기는 부서지지 않게 작은 삽을 써, 작은 삽을. 이런, 조금 더 멀리서 파랬잖아. 안 돼, 안 돼. 왜 그렇게 거칠게 다루는 거야?"

하얗고 부드러운 바위 속에서 커다랗고 푸르스름한 짐승 뼈가 옆으로 쓰러져 으깨진 상태로 반 이상 드러나 있었습니다. 자세히 보니 거기에는 두 개의 발굽 자국이 찍힌 바위 열 개가량이 사각형으로 네모반듯하게 잘려 번호가 붙어 있었습니다.

"너희들 견학 온 거니?"라고 학자인 듯한 사람이 안경을 반짝이며 두 사람에게 물었습니다.

"호두가 아주 많지? 그건 약 120만 년 전의 호두야. 꽤 최근 것이지. 이곳은 120만 년 전, 그러니까 제3기 이후 무렵에는 바닷가였기 때문에 이 아래에서 조개껍데기도 나와. 지금 강이 흐르는 곳에 소금물이 밀려오기도 하고 밀려가기도 한 거야. 이 동물 말이냐? 이것은 '보스'라고 하는데, 어이, 자네 거기 곡괭이는 안 돼. 끌로 조심조심

긁어내라고. 보스는 소의 조상인데 옛날엔 아주 흔했지."

"표본으로 만드는 건가요?"

"아니, 증거물로 필요해. 우리가 보기에 이곳은 두껍고 훌륭한 지층이라서 120만 년 전쯤에 생겼다는 증거를 여럿 찾을 수 있어. 하지만 과연 다른 사람들 눈에도 이곳이 그렇게 보일까? 어쩌면 단순히 바람이나 물로 혹은 텅 빈 곳으로 보일지도 몰라. 그렇지만……. 이봐, 거기도 삽을 쓰면 안 돼. 바로 밑에 갈비뼈가 묻혀 있을 거 아니야."

"시간 다 됐어. 가자."

캄파넬라가 지도와 손목시계를 번갈아 보며 말했습니다.

"그럼 저희는 그만 가볼게요."

조반니는 학자에게 공손히 인사했습니다.

"그래? 그럼 잘 가라."

학자는 다시 바쁜 듯이 여기저기를 돌아다니며 감독하기 시작했습니다.

두 사람은 기차 시간에 늦지 않으려고 하얀 바위 위를 부지런히 뛰어갔습니다. 둘은 바람처럼 달렸습니다. 숨도 차지 않고 다리도 아프지 않았습니다. 조반니는 이렇게 달리면 온 세상을 뛰어다닐 수도 있겠다고 생각했습니다.

조금 전 강가를 지나자 개찰구의 전등이 점점 크게 보였습니다. 이윽고 열차에 오른 두 사람은 창가 쪽 자리에 앉아 방금 다녀온 곳을 창밖으로 바라보았습니다.

새를 잡는 사람

"여기에 앉아도 될까?"

투박하지만 친절한 느낌의 목소리가 조반니와 캄파넬라의 등 뒤에서 들렸습니다. 목소리의 주인공은 해진 밤색 외투를 입고 하얀 천으로 싼 꾸러미 두 개를 양어깨에 짊어진 수염이 붉고 등이 굽은 사람이었습니다.

"네, 앉으세요."

조반니는 어깨를 조금 움츠리며 말했습니다. 그 사람은 수염 사이로 옅은 웃음을 내비치며 천천히 그물 선반 위에 짐을 얹었습니다. 까닭도 없이 쓸쓸하고 울적해진 조반니는 정면의 시계를 말없이 보고 있었는데, 멀리 앞쪽에서 유리 피리 소리 같은 것이 들려왔습니다. 기차는 조용히 움직이고 있었습니다. 캄파넬라는 객실 천장을 여기저기 올려다보고 있었습니다. 검은 장수풍뎅이가 전등에 앉아 천장에 커다란 그림자를 드리우고 있었기 때문이지요. 붉은 수염의 남자는 미소를 머금고 조반니와 캄파넬라를 바라보았습니다. 기차는 점점 빨라졌고 창밖으로 억새와 강물이 번갈아 반짝였습니다.

붉은 수염의 남자가 머뭇거리며 두 소년에게 물었습니다.

"너희들은 어디까지 가니?"

"어디까지든지요."

조반니가 조금 쑥스러워하며 대답했습니다.

"오, 그래? 사실 이 기차는 어디까지든 간단다."

"아저씨는 어디까지 가는데요?"

캄파넬라가 갑자기 싸울 듯이 물었기 때문에 조반니는 자기도 모르게 웃었습니다. 건너편에 앉은, 고깔모자를 모자를 쓰고 허리에 열쇠를 덜렁덜렁 매단 사람도 흘낏 이쪽을 보고 웃었기 때문에 캄파넬라도 그만 얼굴을 붉히며 웃음을 터뜨리고 말았습니다. 붉은 수염 남자는 별로 화내는 기색도 없이 뺨을 씰룩거리며 대답했습니다.

"나는 금방 내릴 거야. 새를 잡아서 파는 장사꾼이거든."

"무슨 새요?"

"기러기, 학, 백로나 백조도 잡는단다."

"학은 많이 있나요?"

"그럼. 아까부터 울고 있었는데 못 들었니?"

"네."

"지금도 들리잖아. 자, 귀를 기울이고 잘 들어봐."

조반니와 캄파넬라는 고개를 들고 귀를 기울였습니다. 덜컹덜컹 흔들리는 기차 소리와 바람에 서걱대는 억새 소리 사이로 퐁퐁 샘물이 솟는 듯한 소리가 들렸습니다.

"새는 어떻게 잡아요?"

"학 말이냐? 백로 말이냐?"

"백로요."

조반니는 어느 쪽이든 상관없다고 생각하면서 대답했습니다.

"백로는 은하수 모래가 단단하면 멍하니 서 있잖니? 어차피 결국에는 강으로 돌아오니까 강가에서 기다리는 거지. 백로가 다리를 이렇게 하고 내려올 때, 녀석들의 다리가 땅에 닿기 직전에 꽉 눌러버리는 거야. 그러면 백로는 딱딱하게 굳어서 안심하고 죽거든. 다음은 말하지 않아도 알겠지? 잎사귀처럼 눌러버리면 돼."

"백로를 잎사귀처럼 누른다고요? 표본을 만드는 건가요?"

"표본이 아니지. 모두 먹을 수 있잖아."

"이상하네요."

캄파넬라가 고개를 갸웃거렸습니다.

"이상할 것도 수상할 것도 없다. 한번 보겠니?"

그 남자는 자리에서 일어나 그물 선반에서 꾸러미를 내려 재빨리 매듭을 풀었습니다.

"자, 봐라. 지금 막 잡은 거야."

"진짜 백로네."

조반니와 캄파넬라는 자신도 모르게 소리쳤습니다. 좀 전에 지나온 북십자성처럼 하얗게 빛나는 백로가 열 마리쯤 검은 다리를 움츠린 채 부조 조각처럼 납작하게 줄지어 있었습니다.

"눈을 감고 있네요."

캄파넬라는 백로의 초승달 같은 하얀 눈을 손가락으로 살며시 어루만졌습니다. 머리 위에는 창 모양의 하얀 털도 그대로 달려 있었습니다.

"어떠냐, 내 말이 맞지?"

새잡이는 다시 꾸러미를 둘둘 말아 끈으로 묶었습니다. 조반니는 '요즘 누가 백로 같은 것을 먹겠어.'라고 생각하며 물었습니다.

"백로는 맛있어요?"

"암. 매일 주문이 들어오지. 그래도 기러기가 더 많이 팔려. 기러기가 훨씬 큰 데다 무엇보다 손질할 필요가 없으니까. 자, 봐라."

새잡이는 또 다른 보따리를 풀었습니다. 그러자 노란색과 파란색이 뒤섞여 마치 불빛처럼 빛나는 기러기가 마치 조금 전에 본 백로처럼 부리를 나란히 하고서 조금 납작해진 채 줄지어 누워 있었습니다.

"이건 바로 먹을 수 있단다. 한번 먹어볼래?"

새잡이가 기러기의 노란 발을 살짝 잡아당겼습니다. 그

러자 초콜릿처럼 한 번에 툭 떨어졌습니다.

"조금 먹어봐."

새잡이는 기러기 발을 둘로 나누어 내밀었습니다. 조반니는 한 입 베어먹었습니다.

'어? 이건 진짜 과자잖아. 초콜릿보다 훨씬 더 맛있어. 이게 정말 하늘을 날아다니던 기러기일까? 이 남자는 이 근처 어딘가에서 과자 가게를 하는 사람일 거야. 그런데 나는 이 사람을 얕보면서도 이 사람이 주는 과자를 먹고 있어. 창피한 일이야.'라고 생각하며 남은 기러기 발을 우적우적 씹어 먹었습니다.

"조금 더 먹으렴."

새잡이가 다시 꾸러미를 풀었습니다. 조반니는 더 먹고 싶었지만 "아니에요. 고마워요."라고 말하며 거절했습니다. 그러자 새잡이가 이번에는 열쇠를 차고 있는 건너편 자리의 손님에게 기러기 발을 권했습니다.

"아닙니다. 파는 물건을 먹을 수 있나요?"

그 사람은 모자를 벗으며 말했습니다.

"괜찮습니다. 어떻습니까? 그래, 올해는 철새가 많이 찾아왔나요?"

"네. 아주 굉장하답니다. 글쎄, 그게께 새벽 2시쯤에는 등대 불빛이 불규칙적으로 깜박거린다고 여기저기서 고장 신고가 빗발쳤는데, 사실은 등대가 고장 난 게 아니라 철새들이 새까맣게 떼를 지어 등대 앞을 지나갔던 겁니다. 난들 별수 있나요. '이 바보야. 그런 불평은 나한테 해도 소용없어. 펄럭거리는 망토를 입고 다리와 입술이 말도 못 하게 가느다란 대장한테나 전화해.'라고 말해줬어요. 하하."

억새밭이 물러나고 맞은편에서 들판에서 순식간에 밝은 빛이 비쳐들었습니다.

"백로는 왜 손질이 어렵나요?"

캄파넬라는 아까부터 궁금한 걸 물었습니다.

"백로를 먹기 위해서는……."

새잡이는 이쪽을 돌아보았습니다.

"은하수 물빛을 열흘쯤 쬐거나 사나흘 모래에 묻어두어야 하기 때문이야. 그러면 수은이 모두 증발해서 먹을 수 있지."

"이건 새가 아니에요. 그냥 과자잖아요."

같은 생각을 한 캄파넬라가 과감하게 물었습니다. 새잡이는 몹시 당황한 듯 "그래그래. 아, 여기서 내려야 해." 하고 말하며 일어나 짐을 내리나 싶더니 눈 깜짝할 사이에 사라져버렸습니다.

"어디로 갔지?"

조반니와 캄파넬라가 얼굴을 마주 보자 등대지기가 히죽히죽 웃으며 엉거주춤 일어나 두 사람 옆에 있는 창밖을 내다보았습니다. 두 사람도 그쪽을 보니 그 새잡이가 노랑과 파랑의 아름다운 인광을 내며 주위에 가득 피어난 산떡쑥(국화과의 풀) 위에 서서 진지한 표정으로 두 팔을 활짝 벌리고 가만히 하늘을 바라보고 있었습니다.

"어느새 저기까지 갔어. 진짜 신기하다. 아마 또 새를 잡으려는 걸 거야. 기차가 출발하기 전에 새가 내려앉아야 할 텐데."

그 순간 텅 빈 보랏빛 하늘에서 조금 전에 보았던 것과 같은 백로가 컥컥 울면서 눈이 내리듯 수없이 날아와 내려왔습니다. 그러자 그 새잡이는 예상했다는 듯 싱글벙

글하며 두 발을 60도로 딱 벌리고 서서 움츠리고 내려앉는 백로의 검은 다리를 양손으로 거머채 닥치는 대로 자루 속에 넣었습니다. 그러자 백로는 자루 안에서 한동안 반딧불처럼 푸르게 반짝반짝 빛났지만 결국 모두 흰빛으로 돌아와 눈을 감았습니다. 그러나 잡힌 새보다는 잡히지 않고 무사히 은하수의 모래 위에 내려앉은 새가 더 많았습니다. 그런데 그 광경을 가만히 보고 있자니 모래 위에 내려앉은 새는 다리가 모래에 닿자마자 마치 눈 녹듯 오그라들어 용광로의 구리 물처럼 모래와 자갈 위에 퍼졌습니다. 새의 형태는 모래 위에 남았지만 두세 번 깜박깜박 빛나기도 하고 어두워지기도 하다가 주위의 모래나 자갈과 완전히 같은 색이 되어버렸습니다.

새잡이는 백로 스무 마리 정도를 자루에 넣고 나자 갑자기 총에 맞아 죽는 병사처럼 두 손을 들고 죽는시늉을 하는가 싶더니 이미 새잡이의 모습은 사라지고 없었습니다. 그런데 갑자기 귀에 익은 목소리가 조반니 옆에서 들렸습니다.

"아, 상쾌하다. 역시 자신에게 맞는 일을 하는 것보다 좋은 일은 없단 말씀이야."

돌아보니 새잡이는 잡아온 백로를 벌써 가지런히 정리하여 다시 한 마리씩 포개고 있었습니다.

"어떻게 저기서 한 번에 여기로 왔나요?"

조반니는 왠지 당연한 듯하면서도 당연하지 않은 듯한 이상한 기분으로 물었습니다.

"어떻게 왔느냐고? 오려고 했으니까 왔지. 그러는 너희는 대체 어디서 온 거냐?"

조반니는 즉시 대답하려고 했지만 자기가 어디서 왔는지 도통 생각나지 않았습니다. 캄파넬라도 얼굴이 새빨개지도록 뭔가를 생각해내려고 애쓰고 있었습니다.

"흠, 멀리서 왔나 보구나."

새잡이가 알았다는 듯이 가볍게 고개를 끄덕거렸습니다.

조반니의 차표

"이 부근은 백조 구(區)의 끄트머리란다. 저게 그 유명
한 알비레오(백조자리에서 세 번째로 밝은 별) 관측소야."

창밖으로 불꽃놀이 폭죽을 터뜨린 듯한 은하수가 가득
했고 강 한복판에 검은색 건물이 네 채가량 보였습니다.
그중 하나의 평평한 지붕 위에 눈이 번쩍 뜨일 만큼 커다
랗고 투명한 청옥 구슬과 황옥 구슬이 원을 그리며 소리
없이 빙글빙글 돌아가고 있었습니다.

노란빛 구슬이 반대쪽으로 돌며 점점 멀어지고, 파란
빛 구슬이 다가와 서로 가장자리부터 서서히 겹쳐지자 초
록빛의 아름다운 볼록렌즈 모양이 나타나 점점 더 부풀어

올랐습니다. 마침내 청옥 구슬이 황옥 구슬과 정면으로 마주 보는 위치에 이르자 한복판에는 초록빛 렌즈가, 테두리에는 밝은 노란색 경계가 만들어졌습니다. 이어서 두 구슬이 서서히 비껴가면서 초록빛 렌즈 모양을 반대로 뒤집고 마침내 서로 완전히 멀어져 처음 보았을 때처럼 청옥 구슬은 저편으로 멀어지고 황옥 구슬은 가까이 다가와 다시 이전과 똑같아졌습니다. 그러자 어두운 관측소는 형태도 소리도 없는 은하의 물에 둘러싸인 채 잠을 자듯 고요히 가라앉았습니다.

"저건 물 흐르는 속도를 재는 기계란다. 물도⋯⋯."

새잡이가 말을 계속하려고 할 때였습니다.

"차표를 보여주시겠습니까?"

언제 왔는지 키 크고 붉은 모자를 쓴 승무원이 세 사람 옆에 반듯이 서서 말했습니다. 새잡이는 말없이 호주머니에서 조그만 종잇조각을 꺼냈습니다. 승무원은 그것을 흘낏 보고는 이내 조반니와 캄파넬라에게 눈길을 돌려 '너희들은?' 하고 묻듯이 손가락을 까닥거리며 손을 내밀었습니다.

"저, 그게……."

조반니는 당황하여 쭈뼛거렸지만, 캄파넬라는 더없이 자연스럽게 조그만 잿빛 차표를 꺼냈습니다. 조반니가 더욱 당황하며 혹시 자기의 윗옷 주머니에도 차표가 들었나 싶어 손을 넣어보니 큼직한 종잇조각이 만져졌습니다. '언제부터 이런 게 들어 있었지?' 하고 얼른 꺼내보니 그것은 네 겹으로 접힌 엽서 크기만 한 초록색 종이였습니다.

승무원이 손을 내밀고 있는 터라 조반니는 뭐든지 보여주고 싶어서 얼른 종이를 내밀었습니다. 승무원은 자세를 바로잡고 조심스럽게 종이를 펼쳤습니다. 그런데 종이를 본 승무원이 윗옷 단추를 만지작거렸고 등대지기는 아래에서 종이를 열심히 올려다보았습니다. 조반니는 그 종이가 증명서 같은 것이라는 생각이 들어 가슴이 조금 뜨거워졌습니다.

"3차 공간(공간을 가로, 세로, 높이로 잰 입체적 세계)에서부터 이걸 가지고 왔나요?"

승무원이 물었습니다.

"잘 모르겠어요."

이제 됐다고 안심한 조반니는 승무원을 올려다보며 킥킥 웃었습니다.

"좋습니다. 남십자성에는 3시쯤에 도착할 겁니다."

승무원은 종이를 조반니에게 돌려주고 건너편으로 갔습니다.

캄파넬라는 종이에 뭐가 쓰여 있는지 몹시 궁금했는지 서둘러 그 종이를 들여다보았습니다. 조반니도 빨리 보고 싶었습니다. 종이에는 검은 덩굴무늬 안에 이상한 글자 열 개가 쓰여 있었는데, 가만히 들여다보고 있으려니 왠지 그 속으로 빨려 들어갈 것 같은 기분이 들었습니다. 새잡이가 옆에서 힐끗 종이를 보고는 당황한 듯 말했습니다.

"아, 이건 대단한 거야. 진짜 천상까지 갈 수 있는 차표지. 어디 천상뿐이냐? 어디라도 마음대로 갈 수 있는 통행권이야. 이것만 있으면 이런 불완전한 환상 4차원의 은하철도를 타고 어디든지 갈 수 있어. 너희 정말 대단하구나."

"뭐가 뭔지 저도 잘 모르겠어요."

얼굴을 붉히며 대답한 조반니는 그 종이를 다시 접어

주머니에 넣었습니다. 너무 쑥스러워서 캄파넬라와 나란히 창밖으로 고개를 돌렸는데, 이따금 새잡이가 '정말 굉장해!' 하는 표정으로 흘금흘금 이쪽을 보는 것을 어렴풋이 느낄 수 있었습니다.

"이제 곧 독수리 정거장이야."

캄파넬라가 맞은편 기슭의 푸른빛 작은 삼각표 세 개와 지도를 번갈아 보며 말했습니다.

문득 조반니는 옆자리의 새잡이가 견딜 수 없이 가여웠습니다. 백로를 잡고 상쾌하다며 기뻐하던 모습, 잡은 백조를 흰 천으로 꼭꼭 싸던 모습, 깜짝 놀란 얼굴로 남의 차표를 흘금흘금 곁눈질하다가 허둥거리며 칭찬하던 모습 등을 하나하나 떠올리자, 먹을 것이든 뭐든 자기가 가진 것을 새잡이에게 몽땅 주고 싶었습니다. 또 새잡이가 진정으로 행복해진다면 저 빛나는 은하수 모래밭에서 백년 동안 새를 잡아줄 수도 있을 것 같았습니다.

조반니는 잠시도 참을 수 없었습니다. 당장 아저씨가 진정으로 원하는 게 뭐냐고 묻고 싶었지만 아무래도 너무 갑작스러운 것 같아 어떻게 할까 하며 돌아보았는데, 새잡이의 모습은 보이지 않았습니다. 그물 선반 위의 하얀 꾸러미도 없었습니다. 이번에도 다리를 벌리고 서서 하늘을 올려다보며 백로를 잡으려나 싶어서 급히 창밖을 살폈지만 아름다운 모래알과 출렁이는 하얀 억새뿐 새잡이의 널찍한 등도 고깔모자도 보이지 않았습니다.

"그 사람은 어디로 갔을까?"

캄파넬라도 넋이 나간 듯한 목소리로 중얼거렸습니다.

"어디로 갔을까? 또 어디에서 다시 만날 수 있을까? 난 아무래도 그 사람에게 하고 싶은 말을 못 한 것 같아."

"아, 나도 그래."

"난 그 아저씨를 방해꾼처럼 생각했어. 그래서 더 후회돼."

조반니는 이런 이상한 기분은 난생처음이었고, 그런 말은 여태까지 해본 적도 없었습니다.

"어디선가 사과 냄새가 나는 것 같은데, 내가 지금 사과를 생각해서 그런가?"

캄파넬라가 신기하다는 듯 주위를 둘러보았습니다.

"정말 사과 냄새가 나. 찔레꽃 향기도 나는데?"

조반니가 주위를 둘러보니 아무래도 그 냄새는 창밖에

서 흘러 들어오는 것 같았습니다. 하지만 지금은 가을이니 찔레꽃 향기가 날 리 없다고 생각했습니다.

그때 갑자기 윤기 나는 까만 머리칼을 가진 여섯 살쯤 된 남자아이가 나타났습니다. 그 아이는 빨간색 윗도리의 단추도 잠그지 않은 채 몹시 놀란 기색으로 벌벌 떨며 맨발로 서 있었습니다. 그 옆에는 검은색 양복을 단정히 차려입은 키 큰 청년이 온몸으로 바람과 맞서는 느티나무처럼 남자아이의 손을 꼭 잡고 있었습니다.

"와, 여기가 어디지? 정말 예쁘다."

열두 살쯤 되어 보이는 검은 외투 차림의 귀여운 여자아이가 청년의 팔에 꼭 매달려 신기한 듯 창밖을 바라보고 있었습니다.

"응, 여기는 랭커셔 주야. 아니, 코네티컷 주야. 아니, 여기는 하늘이야, 우리는 하늘로 갈 거야. 봐, 저 표시는 천상의 표시야. 이제 아무것도 두려울 게 없어. 우리는 하느님의 부름을 받았어."

검은 양복을 입은 청년은 기쁨으로 얼굴을 빛내며 여자아이에게 말했습니다. 하지만 여자아이는 무슨 이유인

065

지 이마에 깊은 주름을 지은 채 몹시 피곤한 듯 억지로 웃으며 남자아이를 조반니의 옆자리에 앉혔습니다. 그리고 여자아이에게는 상냥하게 캄파넬라의 옆자리를 가리켰습니다. 여자아이는 순순히 그 자리에 앉아 두 손을 모았습니다.

"나, 큰누나한테 갈래."

먼저 자리에 앉았던 남자아이가 이상한 표정을 지으며 이제 막 등대지기의 맞은편 자리에 앉은 청년에게 말했습니다. 청년은 아무 대꾸도 못 한 채 더없이 슬픈 표정으로 남자아이의 젖은 곱슬머리를 물끄러미 바라보았습니다. 그때 갑자기 여자아이가 두 손으로 얼굴을 가리고 훌쩍훌쩍 울기 시작했습니다.

"아버지랑 기쿠요 누나는 아직 이것저것 할 일이 많단다. 하지만 곧 뒤따라오실 거야. 그보다 어머니가 얼마나 오래 기다리셨겠니? 사랑하는 막내아들 다다시가 지금쯤 어떤 노래를 부르고 있는지, 눈 내리는 아침에는 모두 손에 손을 잡고 딱총나무 숲을 돌며 놀고 있는지 궁금해하면서 애타게 기다리고 계실 거야. 그러니까 빨리 가서 엄마를 만나야지."

"응, 그렇지만 나, 배는 타지 말 걸 그랬어."

"그래. 하지만 저기 봐, 저 아름다운 강을. 저곳은 우리가 여름 내내 〈반짝반짝 작은 별〉을 부르며 쉴 때마다 창밖으로 희미하게 보이던 강이야. 저기 말이야, 저기. 어때, 예쁘지? 저렇게 빛나고 있잖아."

울고 있던 여자아이도 손수건으로 눈물을 닦고 밖을 바라보았습니다. 청년은 타이르듯 오누이에게 다시 말했습니다.

"우리에게 더 이상 슬픈 일은 없어. 우리는 이렇게 멋진 곳들을 두루 돌아 곧 하느님이 계신 곳으로 갈 거야. 그곳은 밝고 향기롭고 훌륭한 사람이 가득할 거야. 우리 대신에 보트에 탔던 사람들은 분명히 모두 구조되어 각자의 아빠와 엄마가 기다리는 집으로 돌아갈 거야. 자, 이제 곧 도착하니까 우리도 힘내서 즐겁게 노래하자."

남자아이의 젖은 검은 머리를 쓰다듬으며 오누이를 위로하는 청년의 얼굴도 점점 밝아졌습니다.

"당신들은 어디서 오셨나요? 어떻게 된 일이지요?"

등대지기가 사정을 조금 알겠다는 듯이 청년에게 물었습니다. 청년은 희미하게 웃었습니다.

"빙산에 부딪혀 배가 침몰했어요. 이 아이들의 아버지가 급한 일이 있어서 두 달 먼저 본국으로 돌아가고 우리는 나중에 출발했어요. 저는 대학생이고 이 아이들의 가정교사였습니다.

배가 출발한 지 정확히 12일째, 오늘이나 어제쯤일 거예요. 배가 빙산에 부딪혀 순식간에 기울어지더니 침몰하기 시작했어요. 달빛이 희미하게 비치고 있었지만 안개가 매우 짙었어요.

그런데 구명보트의 왼쪽 절반이 망가져 있었기 때문에 모든 사람이 다 탈 수 없었어요. 그러는 동안에도 배는 점점 가라앉았고, 저는 제발 이 어린아이들을 보트에 태워달라고 필사적으로 외쳤습니다. 주위 사람들이 즉시 길을 내주었고 아이들을 위해 기도해주었어요.

하지만 앞줄부터는 이 아이들보다 더 어린 아이들과 그 부모들이 있어서 도저히 그들을 밀어낼 용기가 나지 않았어요. 그래도 저는 어떻게든 이 아이들을 살리는 것이 제 의무라고 생각하고 앞쪽에 있는 아이들을 밀어내려고 했지요.

또 한편으로는 그렇게 해서 아이들을 살리기보다 이대로 함께 하느님 앞에 가는 것이 진정한 행복이라는 생각이 들더군요. 그러다가 또다시 하느님을 등지는 죄는 나 혼자 짊어지고 아이들은 꼭 살려야겠다고 생각했어요.

하지만 차마 그럴 수가 없었어요. 아이들만 보트에 태운 뒤에 미친 듯이 손으로 키스를 보내는 어머니와 슬픔을 억누르며 우두커니 서 있는 아버지의 모습을 보자 저는 가슴이 찢어지는 것 같았답니다.

그러는 사이에 배는 점점 더 가라앉았고, 저는 두 아이를 꽉 끌어안은 채 최대한 버텨보려고 마음먹었습니다. 누가 던졌는지 구명대 하나가 날아왔지만 그만 미끄러져 멀리 떠내려가버리고 말았지요. 저는 갑판의 격자 부분을 있는 힘껏 뜯어내 아이들과 함께 단단히 매달렸습니다.

어디선가 찬송가 ○○장(원문에도 두 글자 정도의 공백이 있다) 노랫소리가 들렸습니다. 사람들은 순식간에 저마다 모국어로 그 노래를 따라 불렀습니다. 그때 갑자기 커다란 소리가 들리고 우리는 물에 빠졌지요. 소용돌이에 휩쓸렸다는 생각에 정신없이 아이들을 꼭 끌어안고 있었는데 어느새 여기에 와 있더군요.

이 아이들의 엄마는 재작년에 돌아가셨습니다. 그 보트는 틀림없이 구조되었을 겁니다. 아주 노련한 뱃사람들이 노를 저어 재빨리 배에서 멀어졌으니까요."

그때 문득 주위에서 나직한 기도 소리가 들리고 조반니와 캄파넬라는 지금까지 잊고 있던 이런저런 생각이 떠올라 눈시울이 뜨거워졌습니다.

'아, 그 넓은 바다는 태평양이 아니었을까? 빙산이 떠다니는 북극의 바다 위에서 누군가가 조그만 배를 타고 바람과 얼어붙을 듯한 바닷물과 혹독한 추위와 필사적으로 싸우고 있어. 그 사람에게 너무나도 미안한 마음이 들어. 나는 그 사람의 행복을 위해 대체 무엇을 하면 좋을까?'

몹시 우울해진 조반니는 고개를 숙였습니다.

"행복이 무엇인지는 잘 모르겠어요. 하지만 아무리 힘든 일이라도 그것이 진정 옳은 길을 가는 중에 생긴 일이라면 오르막길이든 내리막길이든 그 한 걸음 한 걸음은 모두 진정한 행복에 가까워지는 길이겠지요."

등대지기가 청년을 위로했습니다.

"네, 맞아요. 최고의 행복에 이르기 위해 갖가지 슬픔을 겪어야 하는 것도 모두 하늘의 뜻이랍니다."

청년이 기도하듯 그렇게 대답했습니다. 오누이는 피곤한지 각자 좌석에 기대어 잠들어 있었습니다. 좀 전까지 맨발이었던 발에는 하얗고 부드러운 구두가 신겨져 있었습니다.

기차는 눈부시게 아름다운 인광이 번쩍이는 강변을 따라 덜컹덜컹 달렸습니다. 앞쪽 창문으로 보이는 들판은 마치 슬라이드 같았습니다. 백 개, 천 개의 크고 작은 삼각표로 가득했고, 큰 삼각표 위에는 빨간 동그라미가 찍힌 측량 깃발도 보였습니다. 들판 저편 끝에는 헤아릴 수 없이 많은 삼각표가 모여 어슴푸레한 안개처럼 보였고, 그쪽에서인지 아니면 그 너머에서인지 이따금 갖가지 형태의 희뿌연 봉화 연기 같은 것이 아름다운 보랏빛 하늘로 피어올랐습니다. 티 없이 맑고 깨끗한 바람은 장미꽃 향기로 가득했습니다.

"어때요? 이런 사과는 처음이죠?"

건너편에 앉은 등대지기가 아름다운 황금빛과 붉은빛을 띤 큼직한 사과를 언젠가부터 무릎 위에 놓고는 떨어지지 않도록 양손으로 감싸고 있었습니다.

"어디서 난 건가요? 멋지네요. 이 근처에서는 이런 사과가 열리나요?"

청년은 정말로 놀랐다는 듯 고개를 갸웃거리기도 하고 미소를 짓기도 하며 등대지기가 감싸고 있는 한 무더기의 사과를 넋을 잃고 바라보았습니다.

"자, 하나 집으세요."

청년은 사과를 하나 집더니 조반니와 캄파넬라를 슬쩍 보았습니다.

"자, 그쪽 꼬마들도 한번 먹어봐, 어서."

조반니는 꼬마라는 말에 조금 화가 나서 대꾸하지 않았지만 캄파넬라는 "감사합니다." 하고 인사했습니다. 청년이 사과를 하나씩 집어서 두 사람에게 건네주자 조반니도 일어나 "감사합니다." 하고 인사했습니다.

두 손이 자유로워진 등대지기는 잠든 오누이의 무릎에

도 사과를 하나씩 살짝 놓아주었습니다.

"감사합니다. 이런 훌륭한 사과는 어디서 재배되나요?"

청년이 사과를 찬찬히 살펴보며 물었습니다.

"이 근처에서도 농사를 짓기는 하지만 대개는 품질 좋은 열매가 저절로 자라지요. 농사일도 별로 힘들지 않아요. 자기가 뿌리고 싶은 씨앗만 뿌려두면 저절로 쑥쑥 자라나거든요. 쌀도 태평양 연안에서 나는 것처럼 껍질도 없고 크기도 열 배나 크고 향도 좋답니다. 하지만 당신들이 지내게 될 곳에서는 농사를 짓지 않아요. 사과든 과자든 찌꺼기가 조금도 남지 않아서 사람마다 좋은 향기가 되어 땀구멍으로 빠져나가죠."

갑자기 남자아이가 눈을 반짝 뜨며 말했습니다.

"나 방금 엄마 꿈꿨어. 엄마가 멋진 책장과 책이 있는 곳에 있었는데, 나를 보고 손을 내밀더니 싱글벙글 웃었어. 내가 엄마한테 '사과 가져다드릴까요?' 하고 말하는 순간 잠에서 깼어. 아, 여기는 아까 그 기차 안이네."

"그 사과 여기 있어. 이 아저씨가 주셨어."

청년이 등대지기를 가리키며 말했습니다.

"고맙습니다, 아저씨. 어, 누나는 아직 자고 있네. 내가 깨워야지. 누나, 이거 봐. 사과야, 사과. 일어나."

웃으며 잠에서 깨어난 여자아이는 눈부신 듯 두 손으로 눈을 가린 채 사과를 보았습니다. 남자아이는 벌써 파이를 먹듯 사과를 먹고 있었습니다. 아름다운 껍질은 코르크 따개처럼 빙글빙글 돌다가 바닥에 떨어지기 전에 회색빛으로 변하며 사라져버렸습니다. 조반니와 캄파넬라는 사과를 조심스럽게 호주머니 속에 넣었습니다.

강 하류의 맞은편 기슭에 푸르게 우거진 커다란 숲이 보였는데, 나뭇가지에는 새빨갛게 익은 둥근 열매가 가득하고 숲 한가운데에는 삼각표가 까마득히 높이 솟아 있었습니다. 또 숲속에서는 오케스트라 벨과 실로폰이 어우러져 이루 말할 수 없이 아름다운 음색이 녹아들 듯 스며들 듯 바람결에 실려 왔습니다.

청년은 몸이 오싹해졌는지 몸을 떨었습니다. 말없이 그 소리를 듣고 있자니 주위의 노란빛과 연둣빛의 환한 들판 혹은 깔개 같은 것이 펼쳐지고 새하얀 밀랍 같은 이슬이 태양의 표면을 스치듯 지나가는 것 같았습니다.

"어머, 저기 까마귀 좀 봐."

캄파넬라 옆에 앉은 '가오루'라는 여자아이가 외쳤습니다.

"까마귀가 아니야. 저건 모두 까치야."

캄파넬라가 아까처럼 나무라듯 말하는 바람에 조반니가 무심코 웃음을 터뜨렸습니다. 그러자 여자아이는 몹시 부끄러워했습니다. 강가의 푸르스름한 불빛 위에 셀 수 없이 많은 검은 새가 꼼짝하지 않고 줄지어 앉아 희미한 강빛을 받고 있었습니다.

"까치가 맞네요. 머리 뒤에 검은 털이 쭉 뻗어 있는 걸 보니."라며 청년이 분위기를 무마하려는 듯이 말했습니다.

건너편 푸른 숲속의 삼각표가 어느새 정면으로 보였습니다. 그때 기차 맨 뒤쪽에서 귀에 익은 찬송가 ○○장 선율이 들려왔습니다. 꽤 많은 사람의 합창인 듯했습니다. 청년은 갑자기 안색이 창백해지더니 벌떡 일어나 뒤쪽으로 가려다가 생각을 바꿔 도로 자리에 앉았습니다. 가오루는 손수건으로 얼굴을 가렸습니다. 조반니도 괜스레 코끝이 찡했습니다. 언제부턴가 누가 먼저랄 것도 없이 사람들이 노래를 따라 불러 노랫소리는 점점 커졌습니다. 조반니와 캄파넬라도 함께 노래했습니다.

이윽고 푸른 감람나무 숲이 은하수 너머로 반짝반짝 빛나며 점점 뒤쪽으로 멀어지고 숲에서 흘러나오던 신비한 악기 소리도 기차 소리와 바람 소리에 묻혀 점점 희미해졌습니다.

"와, 공작새다."

"응. 많이 있어."

여자아이가 대답했습니다. 조반니는 점점 더 작아져 이제는 초록색 조개 단추처럼 보이는 숲 위로 공작새의 날갯짓에 반사되는 파르스름한 빛을 보았습니다.

"맞아. 좀 전에 공작의 울음소리도 들렸어."

캄파넬라가 가오루에게 말했습니다.

"응, 분명히 서른 마리쯤 있었어. 하프 소리 같은 건 공작의 울음소리였어."

여자아이가 캄파넬라에게 말했습니다.

갑자기 말할 수 없이 슬퍼진 조반니는 무서운 얼굴로 "캄파넬라, 여기 내려서 놀다 가자."라고 말하려고 했을 정도였습니다.

　강줄기가 둘로 갈라졌습니다. 강 위의 새까만 섬 한복판에 높다란 망루 하나가 서 있고 그 위에 헐렁한 옷을 입고 붉은 모자를 쓴 남자가 서 있었습니다. 그 사람은 손에 붉은 깃발과 푸른 깃발을 들고 하늘을 올려다보며 신호를 보내고 있었습니다. 조반니가 가만히 보고 있으려니까, 줄곧 붉은 깃발을 흔들던 사람이 갑자기 붉은 깃발을 숨기듯이 등 뒤로 내리고 푸른 깃발을 드높이 들어 오케스트라의 지휘자처럼 힘차게 흔들기 시작했습니다. 그러자 공중에서 쏴쏴 하고 비 내리는 듯한 소리가 들리며 뭔가 새까만 덩어리들이 강 저편으로 꼬리에 꼬리를 물고 총알처럼 날아갔습니다. 조반니는 무심결에 창밖으로 몸을 반쯤 내밀고 그쪽을 올려다보았습니다. 매우 아름다운 보랏빛의 드넓은 하늘에 수만 마리의 작은 새가 떠들썩하게 울어대며 떼지어 날아가고 있었습니다.

　"새가 날아가고 있어."

　조반니가 창밖으로 몸을 내민 채 말했습니다. 캄파넬라도 "어디?" 하고 하늘을 올려다보았습니다. 그때 헐렁한 옷을 입고 망루 위에 서 있던 남자가 갑자기 붉은 깃발을 높이 들고 미친 듯이 흔들었습니다. 그러자 새 떼가 딱 멎고 동시에 강 하류 쪽에서 퍽 하고 뭔가 찌부러지는 소리가 나더니 잠시 조용해졌습니다. 그때 다시 붉은 모자를 쓴 사람이 푸른 깃발을 흔들며 뭔가 소리쳤습니다.

"철새들아, 지금 빨리 지나가. 철새들아, 지금 빨리 지나가."

또다시 새 떼 수만 마리가 하늘을 새까맣게 뒤덮었습니다. 조반니와 캄파넬라가 고개를 내밀고 있던 창으로 여자아이도 고개를 내밀어 아름다운 뺨을 빛내며 하늘을 올려다보았습니다.

"와, 새가 참 많네. 하늘이 참 곱기도 하지."

여자아이가 조반니에게 말을 건넸지만, 조반니는 건방지다고 생각하며 말없이 하늘을 올려다본 채 여자아이 쪽을 쳐다보지 않았습니다. 여자아이는 한숨을 쉬고 조용히 자기 자리로 돌아갔습니다. 여자아이가 안쓰러운 캄파넬라는 창 안으로 고개를 집어넣고 지도를 보았습니다.

"저 사람은 새에게 무엇을 가르치려는 걸까?"

여자아이가 조용히 캄파넬라에게 물었습니다.

"철새들에게 신호를 보내는 거야. 분명히 어디선가 봉화가 피어오르기 때문이겠지."

캄파넬라가 조금 자신 없는 목소리로 말했습니다. 이윽고 기차 안이 조용해졌습니다. 조반니도 이제 그만 자리에 앉고 싶었지만 자기 얼굴을 밝은 곳에 드러내는 것이 싫어 말없이 휘파람을 불며 꾹 참았습니다.

'왜 이렇게 슬픈 걸까? 나는 좀 더 넓고 착한 마음을 가져야 해. 저쪽 기슭 너머에 마치 연기 같은 조그만 푸른 불빛이 보이는구나. 정말 조용하고 차가운 느낌이야. 저걸 보며 마음을 가라앉혀야지.'

조반니는 열이 나서 지끈거리는 머리를 두 손으로 지그시 누르고 벼랑 너머를 바라보았습니다.

'아, 언제까지나 나와 함께 갈 사람은 없는 걸까? 캄파넬라도 참, 저런 여자애랑 재미있게 이야기하다니. 정말 슬프다.'

조반니의 눈에는 눈물이 가득 고여 은하수도 아득히 멀어진 것처럼 부옇게 흐려 보였습니다.

기차는 점점 강에서 멀어져 절벽 위를 달렸습니다. 맞은편 기슭의 검은 절벽도 하류로 갈수록 점점 높아졌습니다. 언뜻 키 큰 옥수수가 보였습니다. 둥글게 말린 잎 아래로 아름다운 초록 꽃잎이 붉은 털을 내뿜고 있었고 진주 같은 알갱이도 살짝 보였습니다. 옥수수는 점점 많아지더니 절벽과 철로 사이에 줄지어 늘어서 있었습니다. 조반니가 창 안으로 고개를 집어넣고 맞은편 창밖을 보니, 키 큰 옥수수는 아름다운 하늘 들판의 지평선 끝까지 가득했고 살랑살랑 바람에 흔들리는 멋지게 말린 잎사귀 끝에는 마치 한낮 내내 햇빛을 머금은 다이아몬드처럼 이슬이 맺혀 붉은빛과 초록빛으로 반짝반짝 불타오르듯 빛났습니다.

"저건 옥수수인 것 같다."

캄파넬라가 말을 건네도 조반니는 좀처럼 기분이 나아지지 않아 무뚝뚝하게 들판을 바라보며 "그러네." 하고 대답했습니다. 그때 기차가 점점 조용해지더니 몇 개의 신호와 전철기의 불빛을 지나 작은 정거장에 멈췄습니다.

정면의 푸르스름한 시계는 정각 2시를 가리키고 있었

는데, 바람도 없고 기차도 움직이지 않는 한없이 고요한 들판에 시계추는 째깍째깍 정확하게 시간을 새기고 있었습니다.

시계추 소리 사이사이로 멀고 먼 들판 끝에서 실처럼 가늘고 가는 선율이 흘러나왔습니다.

"〈신세계 교향곡〉이야."

건너편에 앉은 여자아이가 이쪽을 보면서 혼잣말처럼 조용히 말했습니다. 검은 양복을 입은 키 큰 청년도 다른 손님들도 기차 안에서 모두 기분 좋은 꿈을 꾸고 있었습니다.

'이렇게 고요하고 평화로운 곳에서 나는 왜 조금도 유쾌하지 않을까? 나는 왜 이렇게 쓸쓸한 걸까? 캄파넬라는 너무해. 나와 함께 이 기차를 탔으면서 저런 여자애랑만 재미있게 이야기하다니. 정말 슬프다.'

조반니는 두 손으로 얼굴을 반쯤 가리고 다시 건너편 창밖을 응시했습니다. 기차가 투명한 유리 피리가 된 듯한 소리를 내며 조용히 움직이자 캄파넬라도 쓸쓸한 듯 〈별 구경〉을 휘파람으로 불었습니다.

"암요, 암요. 이 주위는 아주 높은 고원이니까요."

나이 지긋한 사람이 방금 잠에서 깬 것치고는 또박또박 말하는 소리가 뒤쪽에서 들렸습니다.

"옥수수도 약 60센티미터 깊이로 구덩이를 파서 씨를 뿌려야만 자랄 수 있답니다."

"그래요? 강까지는 아주 먼가요?"

"암요, 멀지요. 강까지는 600~1,800미터쯤 되죠. 아주 깊고 험한 골짜기랍니다."

'그래, 여기는 콜로라도 고원일지도 몰라.'

조반니는 무심코 생각했습니다. 캄파넬라는 여전히 쓸쓸하게 휘파람을 불었고, 여자아이는 비단으로 감싼 사과 같은 낯빛으로 조반니와 같은 곳을 보고 있었습니다.

갑자기 옥수수밭이 사라지고 거대한 검은 들판이 펼쳐졌습니다. 〈신세계 교향곡〉의 선율은 지평선 끝에서 점점 더 선명하게 들려오고 먹빛 들판 한가운데에서는 새하얀 깃털을 머리에 꽂고, 수많은 돌멩이로 팔과 가슴을 장식한 인디언이 조그만 활에 화살을 멘 채 쏜살같이 기차를 쫓아왔습니다.

"아, 인디언이에요, 인디언. 보세요."

검은 양복의 청년도 눈을 떴습니다. 조반니도 캄파넬라도 일어섰습니다.

"달려와요, 이쪽으로 달려와요. 기차를 쫓아오는 거죠?"

"아니. 기차를 쫓아오는 게 아니야. 사냥하거나 춤추고 있는 걸 거야."

청년은 자신이 지금 어디에 있는지 잊어버린 듯 주머니에 손을 넣고 일어서며 말했습니다. 그러고 보니 정말로 인디언은 춤추고 있는 것 같았습니다. 무엇보다 달린다고 본다면 발을 내딛는 품이 좀 더 힘차고 다부져야 할 것 같았습니다.

갑자기 새하얀 깃털이 쓰러질 듯 앞으로 확 쏠리고 인디언이 우뚝 멈춰 서서 재빨리 화살을 허공으로 쏘아 올렸습니다. 그러자 두루미 한 마리가 하늘에서 퍼덕거리다가는 다시 달리기 시작한 인디언의 활짝 벌린 두 손안에 떨어졌습니다. 인디언은 달리기를 멈추고 환하게 웃었습니다.

이윽고 두루미를 들고 이쪽을 보고 있는 인디언의 그

림자도 점점 멀어지며 작아지고 전봇대의 애자(碍子: 전선을 지탱하고 전봇대로 전기가 흐르지 않도록 막는 기구)가 반짝반짝 연속해서 두 번 빛나더니 다시 옥수수밭이 나타났습니다. 이쪽 창밖을 보니 기차는 까마득히 높은 절벽 위를 달리고 있었고 몹시 높은 벼랑 아래로는 여전히 드넓고 환한 강물이 흐르고 있었습니다.

"네. 이제 내리막길이에요. 어쨌거나 단번에 저 수면까지 내려가야 하니 쉽지 않아요. 경사가 가팔라서 저쪽에서 이쪽으로 올라오는 기차는 없어요. 봐요, 벌써 점점 빨라지고 있잖아요."

조금 전의 노인인 듯한 사람이 말했습니다. 기차는 내리막길로 치달았습니다. 절벽 끝을 지날 때는 그 아래 강물이 환히 보였습니다. 조반니는 차츰 마음이 밝아졌습니다. 기차가 작은 오두막 옆을 지나고, 그 앞에 풀 죽은 채홀로 서 있는 아이를 보았을 때는 자신도 모르게 와하고 소리쳤습니다.

기차는 덜컹덜컹 계속 달렸습니다. 객실 안의 사람들은 몸이 반쯤 뒤로 젖혀진 자세로 좌석에 단단히 매달려 있었습니다. 문득 눈이 마주친 조반니와 캄파넬라는 웃음을 터뜨렸습니다. 은하수는 기차와 나란히 제법 격렬하게 달려온 듯 때때로 반짝반짝 빛을 내며 흘러가고 있었습니다. 드문드문 연붉은 패랭이꽃이 보였습니다. 기차는 그제야 흥분이 가라앉은 듯 느릿느릿 달렸습니다.

강 건너 저쪽과 이쪽 기슭에 각각 별 모양과 곡괭이 모양을 그린 깃발이 보였습니다.

"무슨 깃발일까?"

조반니는 간신히 입을 열었습니다.

"글쎄, 모르겠어. 지도에도 없고, 저기 쇠로 만든 배가 있어."

"응."

"다리를 만드는 게 아닐까?"

여자아이가 말했습니다.

"저건 공병(工兵) 부대의 깃발이야. 다리 만드는 훈련을 하고 있나 봐. 그런데 병사들은 안 보이는데."

그때 건너편 기슭의 하류 쪽에서 보이지 않는 은하수가 번쩍 하고 높이 솟구쳤다가 철썩 떨어지는 소리가 들렸습니다.

"발파다, 발파다."

캄파넬라가 신이 나서 말했습니다. 기둥 같은 물줄기는 더 이상 보이지 않고 커다란 연어와 송어가 허연 배를 번득이며 공중으로 솟아올랐다 둥근 원을 그리며 다시 물속으로 떨어졌습니다. 조반니는 폴짝폴짝 뛰고 싶을 만큼 들뜬 기분으로 말했습니다.

"하늘의 공병 부대야. 송어가 저렇게 높이 솟구쳐 오르다니. 나 이렇게 재미있는 여행은 처음이야. 정말 신난다."

"아까 그 송어는 가까이에서 봤으면 크기가 아마 이만했을 거야. 이 강에는 물고기가 아주 많구나."

"조그만 물고기도 있을까?"

여자아이가 이야기에 흥미를 보이며 물었습니다.

"있겠지. 큰 게 있으니까 작은 것도 있을 거야. 하지만 너무 멀어서 작은 물고기는 보이지 않아."

조반니는 이제 기분이 완전히 풀려서 재미있다는 듯이 웃으며 여자아이의 말에 대답했습니다.

"저건 틀림없이 쌍둥이별의 성이야."

남자아이가 갑자기 창밖을 가리키며 소리쳤습니다.

오른쪽 나지막한 언덕 위에 수정으로 지은 듯한 성 두 채가 나란히 서 있었습니다.

"쌍둥이별의 성이라니?"

"옛날에 엄마한테 자주 들었어. 수정으로 만든 조그만 성 두 개가 나란히 서 있다고 했으니까 저게 틀림없어."

"말해 봐. 쌍둥이별이 뭘 어쨌는데?"

"나도 몰라. 쌍둥이별이 들판으로 놀러 왔다가 까마귀와 싸웠다고 했어."

"그렇지 않아. 은하수 기슭에 말이지. 엄마가 말씀하셨어."

"꼬리별이 슥슥 소리를 내면서 다가왔어."

"아니야. 다다시, 그게 아니야. 그건 다른 이야기야."

"그럼 지금 저기서 피리를 불고 있을까?"

"지금은 바다로 갔어."

"아니야. 바닷속에서 벌써 올라왔다고."

"그래, 그래. 나도 알아. 내가 이야기할게."

***

강 건너 기슭이 갑자기 붉어졌습니다. 버드나무고 뭐고
모두 새까만 빛을 띠고, 보이지 않는 은하수 물결도 이따
금 깜박깜박 뾰족한 침처럼 붉게 빛났습니다. 맞은편 기
슭 들판에 커다랗고 새빨간 불꽃이 타오르고 검은 연기가
높이 피어올라 차가워 보이는 보랏빛 하늘까지 태워버릴
듯했습니다. 그 불꽃은 루비보다 붉고 투명하며 리튬보다
도 아름답고 황홀하게 취한 듯 비틀거리며 타오르고 있었
습니다.

"저건 무슨 불꽃일까? 뭘 태우면 저렇게 밝고 붉은빛을
낼까?"

조반니가 물었습니다.

"전갈의 불이야."

캄파넬라가 지도를 들여다보며 대답했습니다.

"어? 전갈의 불이라면 나도 알아."

"전갈의 불이 뭐야?"

조반니가 여자아이에게 물었습니다.

"전갈은 불에 타 죽었는데 그 불이 지금도 타고 있는 거라고 우리 아빠가 몇 번이나 이야기해주었어."

"전갈이라면 곤충이잖아."

"그래, 전갈은 곤충이야. 그렇지만 착한 곤충이야."

"전갈은 착한 곤충이 아니야. 나 박물관에서 알코올에 담긴 전갈을 봤어. 꼬리에 이만한 침이 있었는데 거기에 찔리면 죽는다고 선생님이 말했어."

"그래, 하지만 착한 곤충이야. 우리 아빠가 그랬단 말이야. 예전에 바르도라(Bardora) 들판에 전갈 한 마리가 살았는데 작은 벌레 같은 것을 잡아먹고 살았대. 그러던 어느 날 족제비한테 들켜 잡아먹힐 위기에 처했어. 전갈은 죽을 둥 살 둥 도망쳤지만 족제비한테서 달아날 수 없었어. 그런데 눈앞에 우물이 보였고 전갈은 결국 우물물에 빠졌어. 그때 전갈은 하느님께 기도를 드렸대.

'아, 저는 지금까지 얼마나 많은 생명을 앗았는지 모릅니다. 그런 제가 족제비에게 쫓기자 도망쳤습니다. 하지만 결국 이렇게 되고 말았지요. 아, 허무합니다. 저는 왜 제 몸을 순순히 족제비에게 내주지 않았을까요? 그랬다면 족제비도 하루를 더 살 수 있었을 텐데. 하느님, 제 진심을 헤아려주세요. 부디 다음번에는 이렇게 허무하게 목숨을 버리지 않고 진정 모든 이의 행복을 위해 제 몸을 쓸 수 있게 해주세요.'

그러자 어느새 전갈의 몸이 빨갛게 불타올랐다고 우리 아빠가 말씀하셨어. 저 불꽃이 바로 그 불이야."

"맞아, 저것 봐. 저곳의 삼각표는 꼭 전갈 모양으로 늘어서 있어."

조반니의 눈에 커다란 불 건너편의 세 개의 삼각표가 전갈의 앞다리처럼 늘어서 있는 것처럼 보였고, 이쪽에 늘어서 있는 다섯 개의 삼각표가 전갈의 꼬리나 갈고리처럼 보였습니다. 새빨갛고 아름다운 전갈의 불꽃은 소리도 없이 밝게 타오르고 있었습니다.

불덩이가 점차 뒤쪽으로 멀어지자 풀꽃 향기와 함께 사람들 귓가에는 말로 표현할 수 없이 떠들썩하고 다양한 음악 소리와 휘파람 소리 그리고 사람들이 와글와글 떠드는 소리가 들렸습니다. 아무래도 가까운 곳에 마을이 있고 거기서 축제라도 열리는 모양이었습니다.

"켄타우루스, 이슬을 내려라."

지금까지 자고 있던 옆자리의 남자아이가 갑자기 창밖을 보면서 소리쳤습니다.

아, 거기에는 가문비나무인지 잣나무인지 크리스마스트리처럼 생긴 푸른 나무가 서 있고, 반딧불 천 개를 한데 모아놓은 것처럼 수많은 꼬마전구가 가지마다 환히 밝혀져 있었습니다.

"아, 오늘 밤이 켄타우루스 축제구나."

"응, 여기는 켄타우루스 마을이야."

캄파넬라가 바로 말했습니다.

(원문-이 사이에 있었을 원고지 한 장 분량이 없음)

"공 던지기를 하면 나는 절대로 놓치지 않아."

남자아이가 매우 으스대며 말했습니다.

"이제 곧 남십자성이야. 내릴 준비해."

청년이 아이들에게 말했습니다.

"난 기차 타고 좀 더 갈래."

남자아이가 말했습니다. 캄파넬라 옆에 앉은 여자아이는 자리에서 일어나 부산스레 내릴 채비를 했지만 역시 조반니 일행과 헤어지기 싫은 눈치였습니다.

"여기서 내려야 해."

청년은 남자아이를 내려다보며 엄하게 말했습니다.

"싫어. 기차 타고 조금만 더 갈래."

조반니가 안쓰러워하며 한마디를 건넸습니다.

"우리랑 같이 타고 가자. 우리는 어디라도 갈 수 있는 차표를 가지고 있어."

"하지만 우리는 여기서 내려야 해. 여기는 천상으로 가는 곳이니까."

여자아이가 쓸쓸하게 말했습니다.

"천상에 가지 않아도 되잖아. 우리는 이곳을 천상보다도 훨씬 좋은 곳으로 만들어야 한다고 선생님이 말씀하셨어."

"엄마가 기다리고 계셔. 하느님도 그곳으로 오라고 말씀하셨어."

"그런 하느님은 거짓말쟁이 하느님이야."

"그렇게 말하는 사람의 하느님이야말로 거짓말쟁이야."

"그렇지 않아."

청년이 웃으며 조반니에게 물었습니다.

"네 하느님은 어떤 분이니?"

"사실은 잘 몰라요. 하지만 아무튼 진짜 단 한 분뿐인 하느님이에요."

"물론 진짜 하느님은 한 분뿐이지."

"아, 그게 아니라 단 한 분뿐인 진짜 하느님이요."

"그래, 그래. 언젠가 그 진짜 하느님 앞에서 너희와 우리가 만나게 되기를 기도할게."

청년은 공손히 두 손을 맞잡았습니다. 여자아이도 따라 했습니다. 모두 헤어지는 것이 몹시 아쉬운지 얼굴빛이 안 좋았습니다. 조반니는 하마터면 소리 내서 울 뻔했습니다.

"자, 준비는 다 됐지? 곧 남십자성이야."

그때였습니다. 보이지 않는 저 멀리 은하수 하류에 푸른빛과 주황빛과 온갖 빛깔로 아로새겨진 십자가 마치 한 그루 나무처럼 강 한가운데 우뚝 서서 반짝이고 있었고, 십자 위에는 둥근 고리 모양의 푸르스름한 구름이 후

광처럼 걸려 있었습니다. 기차 안이 갑자기 술렁거렸습니다. 모두 북십자성을 보았을 때처럼 곧장 일어나 기도하기 시작했습니다. 수박을 보고 달려드는 아이처럼 기뻐하는 소리와 뭐라 말할 수 없는 깊고 경건한 한숨 소리가 여기저기서 들렸습니다. 십자가가 창문 저 정면으로 다가오자 사과의 과육처럼 푸르스름한 고리 모양의 구름이 천천히 돌고 있는 것이 보였습니다.

"할렐루야, 할렐루야."

경쾌하고 즐겁게 모두의 목소리가 울려 퍼졌습니다. 하늘 멀리에서, 차가운 저 하늘 멀리서 너무나 상쾌하고 투명한 나팔 소리가 들려왔습니다. 기차는 수많은 신호와 전구 불빛을 받으며 천천히 속력을 늦추고 달리다가 십자가 맞은편에 이르러 마침내 멈춰 섰습니다.

"자, 내리자."

청년이 남자아이의 손을 잡고 천천히 문 쪽으로 걸어갔습니다.

"잘 가."

여자아이가 손을 흔들며 조반니와 캄파넬라에게 말했

습니다.

"잘 가."

조반니는 가까스로 울음을 참으며 화난 것처럼 퉁명스럽게 말했습니다. 여자아이는 몹시 고통스러운 듯 눈을 크게 뜨고 다시 한번 이쪽을 돌아보더니 말없이 나가버렸습니다. 기차 안은 이제 반 이상이나 비었습니다. 갑자기 쓸쓸해진 빈자리에 바람이 불어왔습니다.

창밖을 보니 사람들이 십자가 앞을 흐르는 은하수 둔치에 줄을 지어 경건하게 무릎을 꿇고 있었습니다. 이윽고 성스러운 하얀 옷을 입은 사람이 팔을 앞으로 뻗고 보이지 않는 은하수를 건너오는 것이 보였습니다.

하지만 그때는 이미 유리 피리 소리가 울리며 기차가 움직였고, 강 하류에서 은빛 안개가 피어올라 더는 아무것도 보이지 않았습니다. 다만 수많은 호두나무의 잎이 반짝반짝 안개 속에서 빛나고 그 이파리들 사이로 황금빛 후광을 뿜어내는 전기 다람쥐의 귀여운 얼굴이 언뜻언뜻 보일 뿐이었습니다.

***

그때 안개가 쓱 걷혔습니다. 어딘가로 이어지는 길인 듯 작은 전등들이 줄지어 늘어선 길이었습니다. 그 길은 철로를 따라 길게 뻗어 있었습니다. 조반니와 캄파넬라가 그 앞으로 지나가자 조그만 콩 전등은 마치 인사라도 하듯 깜박 꺼졌다가 다시 켜졌습니다.

뒤돌아보니 조금 전의 십자가는 아주 작아져 그냥 그 대로 목에 걸 수 있을 것 같았고, 아까의 여자아이와 청년은 아직도 하얀 둔치에 무릎을 꿇고 있는지, 아니면 어느 곳에 있는지 알 수 없는 천상으로 갔는지 보이지 않았습니다. 조반니는 깊은 한숨을 후 내쉬었습니다.

"캄파넬라, 다시 우리 둘만 남았구나. 우리 어디까지든 영원히 함께 가자. 나는 이제 모든 사람의 행복을 위해서라면 그 전갈처럼 백번이라도 불탈 수 있어."

"응. 나도 그래."

캄파넬라의 눈에는 맑은 눈물이 맺혔습니다.

"그런데 진정한 행복이란 무엇일까?"

096

조반니가 말했습니다.

"나는 모르겠어."

캄파넬라가 조용히 말했습니다.

"우리 마음을 굳게 먹자."

조반니가 가슴 가득 새로운 힘이 솟아나는 듯 숨을 후 내쉬며 말했습니다.

"아, 저건 석탄 자루(남십자성 근처에 있는 타원형의 암흑 성운. 밝은 은하수 속에서 유독 이곳만 검게 보여 이런 이름이 생겼다)야. 하늘의 구멍이지."

캄파넬라가 손가락을 조금 비끼듯이 은하수의 어느 한 곳을 가리켰습니다. 조반니는 그쪽을 보고 움찔했습니다. 그곳에는 커다랗고 새까만 구멍이 뻥 뚫려 있었습니다. 그 바닥이 얼마나 깊은지, 그 안에 뭐가 있는지 아무리 눈을 비비고 보아도 그저 시큰시큰 눈만 아플 뿐 아무것도 보이지 않았습니다. 조반니가 말했습니다.

"나는 이제 저렇게 커다란 어둠 속도 무섭지 않아. 모든 사람의 진정한 행복을 찾고야 말겠어. 우리 어디든 함께 가자."

"그래, 꼭 그렇게 하자. 아, 저 들판은 정말로 아름답구나. 다들 모여 있구나. 저기가 진정한 하늘나라일 거야. 아, 저기 저 사람은 우리 엄마야."

캄파넬라가 갑자기 창밖 멀리 보이는 아름다운 들판을 가리키며 소리쳤습니다.

조반니도 그쪽을 보았지만 온통 희뿌옇게 흐려져 있을 뿐 캄파넬라가 말하는 풍경은 어디에도 보이지 않았습니다. 조반니가 뭐라고 말할 수 없는 쓸쓸한 기분으로 멍하니 그쪽을 바라보고 있자니, 맞은편 기슭에 붉은 가로대가 잇대어져 마치 서로 팔짱을 끼고 있는 듯한 전봇대 두 개가 보였습니다.

"캄파넬라, 우리 함께 가는 거지?"

조반니가 이렇게 말하며 돌아보자 방금까지 캄파넬라가 앉아 있던 자리에 캄파넬라는 보이지 않고 검은 벨벳만 빛나고 있었습니다. 조반니는 빠르게 벌떡 일어났습니다. 그리고 아무한테도 들리지 않도록 창밖으로 몸을 내밀더니 세차게 가슴을 치며 소리치면서 그동안 참았던 울음을 터뜨렸습니다. 순식간에 주위가 어두컴컴해진 것 같았습니다.

***

　조반니는 눈을 떴습니다. 언덕 꼭대기의 풀숲에 지쳐 쓰러져 잠들었던 것입니다. 가슴은 이상하게 뜨겁고 뺨 위로는 차가운 눈물이 흘렀습니다.

　조반니는 벌떡 일어났습니다. 눈 아래로 보이는 마을은 전과 마찬가지로 수많은 불빛에 감싸여 있었는데 그 불빛이 어쩐지 전보다 더 뜨거워진 듯했습니다. 방금까지 꿈속에서 걸었던 은하수가 여전히 희뿌옇게 빛났고, 새까만 남쪽 지평선 언저리가 유난히 부옇게 흐려 있고, 그 오른쪽에서 전갈자리의 붉은 별이 아름답게 반짝이는 것으로 보아 하늘 전체의 위치는 거의 변하지 않은 것 같았습니다.

　조반니는 쏜살같이 언덕을 뛰어 내려갔습니다. 문득 저녁도 들지 않고 기다리고 계실 엄마 생각이 마음 가득 밀려왔습니다. 조반니는 컴컴한 숲속을 휙 빠져나가 희끄무레한 목장 울타리를 빙 돌아 좀 전의 어두컴컴한 외양간 앞으로 다시 돌아왔습니다.

누군가가 방금 돌아온 듯 아까는 보이지 않던 나무통 두 개가 실린 수레가 서 있었습니다.

"안녕하세요."

조반니가 소리쳤습니다. 두툼한 흰 바지를 입은 사람이 곧바로 나왔습니다.

"무슨 일이냐?"

"오늘 저희 집에 우유가 배달되지 않았어요."

"아, 미안하구나."

그 사람은 곧 우유병 하나를 들고 나와 조반니에게 건네며 말했습니다.

"정말 미안하다. 보다시피 오늘 오후에 깜빡하고 송아지 울타리를 열어놓고 닫지를 않았더니 송아지가 어미 소한테 가서 우유를 반이나 먹어버려서……."

그 사람이 웃었습니다.

"그랬군요. 그럼 가볼게요."

"그래. 정말 미안하게 됐다."

"아니에요."

조반니는 아직 따뜻한 우유병을 두 손으로 감싸듯 쥐고 목장 울타리 밖으로 나왔습니다.

나무들이 늘어선 길을 한동안 걷다가 큰길로 접어들어 한참을 걸어가자 사거리가 나왔습니다. 오른쪽 끝에 조금 전 캄파넬라와 친구들이 등불을 띄우러 가던 강에 놓인 큰 다리 위 망루가 밤하늘 위로 흐릿하게 서 있는 것이 보였습니다. 그런데 네거리 모퉁이와 가게 앞에 여자들이 일고여덟 명씩 모여 다리 쪽을 보면서 뭔가 나직이 수군거리고 있었습니다. 다리 위는 갖가지 불빛으로 가득했습니다.

조반니는 왠지 가슴이 서늘해지는 느낌이었습니다. 그래서 근처에 있던 사람에게 소리치듯 물었습니다.

"무슨 일이에요?"

"아이가 물에 빠졌어."

누군가가 대답하자 사람들이 일제히 조반니를 돌아보았습니다. 조반니는 허겁지겁 다리로 뛰어갔습니다. 다리 위에는 사람들이 빽빽이 모여 있어 아무것도 보이지 않았습니다. 그중에는 하얀 제복을 입은 순경도 있었습니다.

조반니는 다리 앞에서 날듯이 강기슭으로 내려갔습니다. 물가를 따라 많은 불빛이 부산하게 오르락내리락하고 있었습니다. 맞은편 물가의 외진 곳에도 불빛 일고여덟 개가 흔들거리고 있었습니다. 기슭과 기슭 사이로 이제는 하늘타리 등불도 사라져버린 잿빛 강이 나직한 소리를 내며 흘러가고 있었습니다.

강가의 가장 하류에 모래톱처럼 삐죽 튀어나온 곳에 검은색으로 뚜렷이 두드러져 보이는 한 무리의 사람들이 서 있었습니다. 조반니는 서둘러 그쪽으로 달려갔습니다. 거기서 좀 전에 캄파넬라와 함께 있던 마루소를 만났습니다. 마루소가 조반니에게 다가왔습니다.

"조반니, 캄파넬라가 강에 뛰어들었어."

"왜? 언제?"

"자네리가 배 위에서 하늘타리 등불을 강에 띄워 보내려다가 배가 흔들리는 바람에 물에 빠졌어. 그러자 캄파넬라가 곧바로 강에 뛰어들었어. 그리고는 자네리를 배 위로 밀어 올려줬어. 자네리는 등잔을 붙잡았고, 그런데 캄파넬라가 보이지 않아."

"모두 찾고 있는 거지?"

"응, 곧바로 사람들이 왔어. 캄파넬라의 아버지도 왔고, 하지만 찾지 못했어. 자네리는 집에 갔어."

조반니는 사람들이 모여 있는 곳으로 갔습니다. 거기에는 얼굴빛이 창백하고 턱이 뾰족한 캄파넬라의 아버지가 학생들과 마을 사람들에게 둘러싸여 있었는데, 검은 양복 차림으로 똑바로 서서 오른손에 들고 있는 시계를 가만히 바라보고 있었습니다.

모여 있는 사람들도 가만히 강을 보고 있었습니다. 누구도 말하는 사람이 없었습니다. 조반니는 다리가 덜덜 떨렸습니다. 고기를 잡을 때 사용하는 수많은 아세틸렌 램프들이 바쁘게 오가고 있었고 검은 강물은 잔물결을 일으키며 흘러가고 있었습니다. 강 하류에는 수면 가득 은하가 비쳐 마치 강물은 물이 없는 하늘 그대로인 듯 보였습니다.

조반니는 캄파넬라가 이미 은하 저 너머로 가버린 것 같았습니다. 하지만 사람들은 아직도 캄파넬라가 강물 어딘가에서 나와 물결 사이로 얼굴을 내밀며 "나 진짜 오랫동안 헤엄쳤어."라고 말하거나, 사람들이 모르는 모래섬에라도 닿아서 누군가 구해주러 오기를 기다리고 있을 거라고 굳게 믿고 있는 듯했습니다. 그런데 갑자기 캄파넬라의 아버지가 단호하게 말했습니다.

"이제 가망이 없어요. 물에 빠진 지 벌써 사오십 분이 지났으니까요."

조반니는 무심결에 캄파넬라의 아버지 앞으로 달려갔습니다. 그리고 "저는 캄파넬라가 어디로 갔는지 알아요. 저는 캄파넬라와 함께 다녔어요." 하고 말하려 했지만, 목이 메어 한마디도 할 수 없었습니다.

그러자 캄파넬라의 아버지는 조반니가 인사를 하러 온 줄 알았는지 한동안 조반니를 물끄러미 바라보다가 "네가 조반니구나. 오늘 밤에는 정말 고마웠다." 하고 정중하게 말했습니다. 조반니는 아무 말도 못 하고 그저 고개만 숙였습니다.

"아버지는 돌아오셨니?"

캄파넬라의 아버지가 시계를 꼭 쥔 채 물었습니다.

"아니요."

조반니는 보일 듯 말 듯 고개를 저었습니다.

"이상하구나. 나는 그저께 아주 반가운 소식을 받았어. 아마 오늘쯤 도착할 것 같다고 말이다. 아무래도 배가 늦어지는 모양이다. 조반니, 내일 방과 후에 다른 친구들과 우리 집에 오렴."

이렇게 말하며 캄파넬라의 아버지는 은하가 가득 담긴 강 하류로 지그시 눈길을 떨구었습니다.

조반니는 갖가지 생각으로 가슴이 벅차서 아무 말도 하지 못한 채 캄파넬라의 아버지 곁을 떠났습니다. 얼른 엄마에게 우유를 가져다드리고 아버지가 돌아온다는 소식을 알려야겠다고 생각하자 발걸음은 벌써 강기슭을 올라 쏜살같이 마을로 내달리고 있었습니다.

주문이 많은 요리점

영국 병사 차림에 번쩍이는 총을 멘 젊은 신사 두 명이 흰곰처럼 생긴 개 두 마리를 데리고 나뭇잎이 버스럭거리는 꽤 깊은 산속에서 이런 말을 나누며 걸어 내려왔습니다.

"이쪽 산은 틀렸어. 새든 여우든 날짐승이 한 마리도 없잖아. 뭐든 상관없으니 빨리 사냥하고 싶어."

"사슴이라도 사냥할 수 있다면 좋을 텐데. 두세 발 탕탕 쏘면 빙글빙글 돌다가 털썩 쓰러질 거야."

그곳은 매우 깊은 산속이었습니다. 안내하러 온 전문 사냥꾼도 길을 헤매다 가버릴 만큼 깊은 산속이었습니다. 게다가 산이 너무 험해서 백곰 같은 개 두 마리가 한꺼번에 현기증을 일으켜 잠시 신음하더니 거품을 내뿜고 죽어 버렸습니다.

"에이, 나 2,400엔 손해 봤어."

신사 한 명이 개의 눈꺼풀을 뒤집어 보이며 말했습니다.

"나는 2,800엔 손해야."

다른 한 명이 분하다는 듯 고개를 숙이며 말했습니다. 안색이 조금 나빠진 첫 번째 신사가 다른 신사의 안색을 조용히 살피며 말했습니다.

"난 이제 돌아갈 생각인데, 자네는?"

"춥고 배도 고프니 나도 돌아가야겠어."

"그럼 이걸로 끝내자고. 돌아가는 길에 어제 숙박한 여관에 들러 산새를 10엔어치 사서 돌아가면 될 거야."

"토끼도 있던데. 결국 마찬가지네. 그럼 돌아갈까?"

하지만 어디로 가야 돌아갈 수 있는지 전혀 감이 잡히지 않았습니다. 바람이 세차게 불어와 풀은 와삭와삭, 나뭇잎은 버석버석, 나무는 딱딱 소리를 냈습니다.

"배가 몹시 고픈걸. 조금 전부터 옆구리가 아파서 못 견디겠어."

"나도 그래. 더는 못 걷겠어."

"정말 한 걸음도 못 걷겠어. 이거 큰일인걸. 뭐라도 먹고 싶어."

"먹고 싶어."

두 신사는 와삭와삭 소리가 나는 억새밭에서 멈춰 말했습니다. 그때 문득 뒤를 돌아보니 멋진 서양식 집 한 채가 눈에 들어왔습니다. 현관에는 이런 간판이 있었습니다.

RESTAURANT WILDCAT HOUSE
서양 요리점 살쾡이의 집

"마침 잘됐네. 영업 중이라니 들어가보자고."

"아, 이런 곳에 요리점이 있다니 이상하군. 어쨌든 뭔가 먹을 수는 있겠지."

"당연하지. 간판에 쓰여 있잖아."

"들어가세. 배고파서 쓰러질 지경이야."

두 사람은 현관 앞에 섰습니다. 하얀 도자기 벽돌로 만든 현관은 매우 멋져 보였습니다. 유리문에는 금색 글씨로 이런 문장이 쓰여 있었습니다.

'누구나 들어오세요. 절대로 사양하지 마세요.'

두 사람은 매우 기뻐하며 말했습니다.

"이것 봐. 세상은 역시 공평하다니까. 오늘 온종일 고생했지만 이렇게 좋은 일이 생기는 것을 보면 말이야. 요릿집이지만 푸짐하게 먹을 수 있을 것 같아."

"그렇겠지. 절대로 사양하지 말라고 했으니까."

두 사람은 문을 밀고 안으로 들어갔습니다. 곧바로 복도와 연결되어 있었습니다. 유리문 뒤에는 금색 글씨로 이런 문장이 쓰여 있었습니다.

'살찐 분이나 젊은 분 대환영입니다.'

두 사람은 '대환영'이라는 말에 더욱 기뻤습니다.

"우리는 환영받을 거야."

"살도 찌고 젊으니까 말이야."

성큼성큼 복도를 걸어가자 이번에는 하늘빛 페인트를
칠한 문이 나왔습니다.

"아무래도 이상한 집이야. 왜 이렇게 문이 많을까?"

"러시아식이야. 추운 곳이나 산속은 모두 이런 구조지."

두 사람이 문을 여는데 위쪽에 금색 글씨로 이런 문장
이 쓰여 있었습니다.

'이 집은 주문이 많은 요리점이니 이 점 양해 부탁드
립니다.'

"산속인데도 영업이 상당히 잘되나 봐."

"도쿄의 유명 요리점도 큰길에는 별로 없잖아."

두 사람은 이야기를 나누며 그 문을 열었습니다. 그러
자 그 뒤쪽에 이런 문장이 쓰여 있었습니다.

'주문이 너무 많으니 기다려주십시오.'

"이건 대체 무슨 말일까?"

한 신사가 얼굴을 찡그렸습니다.

"아마 주문이 너무 많아서 준비하는 데 시간이 걸리니 죄송하다는 뜻일 거야."

"그렇군. 어느 방이든 빨리 들어가고 싶어."

"식탁 앞에 앉고 싶어."

그런데 어쩐 일인지 번거롭게 문 하나가 또 있었습니다. 옆에 거울이 걸려 있고 그 아래에 커다란 손잡이가 달린 브러시가 놓여 있었습니다. 문에는 붉은 글씨로 이런 문장이 쓰여 있었습니다.

'손님 여러분, 여기서 머리를 단정히 빗은 후 신발의 흙을 털어주세요.'

"음식점이라면 당연한 말이군. 나도 조금 전 현관 앞에서는 산속에 있는 요리점이라고 얕봤으니까."

"예의범절이 엄격한 집이네. 틀림없이 높은 사람들이 자주 올 거야."

거기서 두 사람은 단정히 머리를 빗고 신발에 묻은 흙

을 털었습니다.

그런데 어떻게 된 일일까요? 마루 위에 브러시를 놓자마자 뿌옇게 흐려지더니 사라졌고 갑자기 바람이 휙 불어왔습니다.

두 사람은 깜짝 놀라 서로 꼭 붙어서 문을 열고 다음 방으로 들어갔습니다. 따뜻한 음식을 먹고 기운을 차리지 않으면 큰일 날 것 같았습니다. 문 안쪽에 또 이상한 문장이 쓰여 있었습니다.

'총과 총알은 이곳에 놓으세요.'

바로 옆에 검은 받침대가 있었습니다.
"맞는 말이야. 총을 들고 음식을 먹을 수는 없지 않은가."
"아니면 신분 높은 사람이 늘 오는 건 아닐까?"
두 사람은 총과 벨트를 풀어 받침대 위에 놓았습니다. 또 검은 문이 있었습니다.

'모자와 외투와 신발을 벗어주세요.'

"어떻게 할까? 벗을까?"

"어쩔 수 없지, 벗어놓자고. 안쪽에 이미 와 있는 사람은 정말 대단한 사람일 거야."

두 사람은 모자와 외투를 못에 걸고 신발을 벗은 뒤 성큼성큼 걸어 안으로 들어갔습니다. 문 뒤쪽에는 이런 문장이 쓰여 있었습니다.

'넥타이핀, 커프스단추, 지갑, 그 외 금속류, 특히 뾰족한 것들은 모두 여기에 놓으세요.'

문 옆에는 검은색의 멋진 금고가 입을 벌린 채 자물쇠와 함께 놓여 있었습니다.

"하하, 요리에 전기를 사용하나 보네. 금속류는 위험하니까 특히 뾰족한 것은 위험하다고 했을 거야."

"그렇지. 그럼 계산은 여기서 하는 걸까?"

"아마도."

"그럴 거야."

두 사람은 안경을 벗고, 커프스단추를 빼서 금고 속에

넣고 자물쇠를 잠갔습니다. 조금 가다 보니 또 문이 있고 그 앞에 유리 단지가 하나 있었습니다. 문에는 이런 글이 쓰여 있었습니다.

'항아리 안의 크림을 얼굴과 손발에 잘 발라주세요.'

자세히 살펴보니 단지 안에 들어 있는 것은 분명 우유 크림이었습니다.

"크림은 왜 바르라는 걸까?"

"밖이 몹시 춥잖아. 방 안이 너무 따뜻하면 살이 트니까 예방하려는 것이겠지. 아무래도 대단한 사람이 와 있나 봐. 생각지도 못한 곳에서 귀족과 친분을 쌓을지도 모르겠어."

두 사람은 단지의 크림을 얼굴과 손에 바른 후 양말을 벗고 발에도 발랐습니다. 그런데도 크림이 남아 얼굴에 바르는 척하며 몰래 크림을 먹었습니다. 서둘러 문을 열었더니, 문 뒤쪽에 이런 문장이 쓰여 있었습니다.

'크림은 잘 발랐습니까? 귀에도 발랐습니까?'

여기에도 마찬가지로 작은 크림 단지가 있었습니다.

"나는 귀에는 바르지 않았어. 잘못했으면 귀가 틀 뻔했군. 주인이 매우 섬세한 사람인가 봐."

"그래. 이런 세심한 부분까지 신경을 써주다니. 그런데 난 빨리 뭘 먹고 싶은데, 계속 복도뿐이니……."

그러자 바로 앞에 다음 문이 있었습니다.

'요리는 이제 곧 완성됩니다. 15분도 걸리지 않습니다. 곧 먹을 수 있습니다. 지금 당장 당신의 머리에 향수를 뿌려주세요.'

문 앞에는 금빛으로 번쩍이는 향수병이 놓여 있었습니다. 두 사람은 그 향수를 머리에 뿌렸습니다. 그런데 향수에서는 식초 같은 냄새가 났습니다.

"향수에서 식초 냄새가 나는데, 어떻게 된 거지?"

"아마도 하녀가 감기에 걸려서 잘못 넣었을 거야."

두 사람은 문을 열고 안으로 들어갔습니다. 문 뒤에는 커다란 글씨로 이런 문장이 쓰여 있었습니다.

'주문이 많아서 번거로웠지요? 죄송합니다. 이제 이 것이 마지막입니다. 단지 안의 소금을 몸 전체에 비벼주세요.'

정말로 멋진 도자기 모양의 파란색 소금 단지가 놓여 있었습니다. 그러나 이번만큼은 두 사람 모두 가슴이 철렁 내려앉아 크림을 잔뜩 바른 얼굴을 바라보았습니다.

"아무래도 이상해."

"나도 그래."

"지금까지 이 많은 주문을 우리에게 하고 있어."

"그러니까 서양 요리점은 손님에게 서양 요리를 제공하는 것이 아니라 손님을 서양 요리로 만들어서 먹는 집인 거야. 다, 다, 다, 다시 말하면, 우, 우, 우리가……."

두 사람은 온몸이 덜덜 떨려서 아무 말도 할 수 없었습니다.

"우, 우리가……. 으악!"

"빨리 빠져나가자!"

덜덜 떨면서 한 신사가 뒷문을 열었지만 문은 꿈쩍도 하지 않았습니다. 안쪽에 문이 하나 더 있었습니다. 은색 포크와 나이프 모양의 커다란 열쇠 구멍이 두 개 있고 이런 문장이 쓰여 있었습니다.

'수고 많았습니다. 매우 잘했습니다. 자, 뱃속으로 들어오세요.'

열쇠 구멍으로 파란 눈동자가 이쪽을 힐끔힐끔 엿보고 있었습니다.

"으악!"

"으악!"

두 사람은 울음을 터뜨렸습니다. 그러자 문 안쪽에서 소곤소곤 이런 말소리가 나직하게 들려왔습니다.

"안 되겠어. 벌써 눈치챘어. 소금을 비비지 않았어."

"당연하지. 대장이 잘못 쓴 거야. '주문이 많아서 번거로

왔지요? 죄송합니다.'라고 얼빠진 소리를 써놓았으니……."

"상관없어. 어차피 우리에게 뼈도 나눠주지 않을 테니까."

"그래. 하지만 만약에 저 녀석들이 들어오지 않으면 그건 우리 책임이야."

"부를까? 부르자. 손님, 어서 들어오세요. 접시도 닦아놓았고 채소도 소금에 잘 절여놓았어요. 당신들과 채소를 잘 섞어서 새하얀 접시에 담으면 된답니다. 빨리 오세요."

"어서 오세요. 빨리 오세요. 혹시 샐러드를 싫어하나요? 그러면 지금부터 불을 피워 튀김으로 만들어줄까요? 어쨌거나 빨리 오세요."

두 사람은 너무 놀란 나머지 구겨진 종잇조각처럼 꾸깃꾸깃해진 얼굴을 마주 본 채 덜덜 떨며 소리 없이 울었습니다. 그러자 안에서 후후 웃으며 이런 말이 들렸습니다.

"어서 오세요. 어서. 그렇게 울면 애써 바른 크림이 흘러내리잖아요. 잠시만 기다리세요. 곧 가지러 갈게요. 자, 빨리 오세요."

"빨리 오세요. 두목님이 벌써 냅킨을 두르고 나이프를 들고 입맛을 다시며 손님들을 기다리고 계세요."

두 사람은 울고 또 울었습니다. 그때 뒤에서 갑자기 왕왕, 컹컹 소리가 들렸고 흰곰 같은 개 두 마리가 문을 뚫고 안으로 달려 들어왔습니다. 열쇠 구멍으로 들여다보던 눈동자는 순식간에 사라지고 개들은 으르렁거리며 방 안을 빙글빙글 맴돌다가 다시 한번 왕왕 짖더니 다음 문으로 달려들었습니다. 문이 활짝 열리고 개들은 빨려들듯 뛰어 들어갔습니다.

문 안쪽에는 새까만 어둠 속에서 야옹, 그르렁그르렁 소리가 들리더니 다시 부스럭부스럭 소리가 들렸습니다.

방은 연기처럼 사라지고 둘은 추위에 덜덜 떨며 풀숲에 서 있었습니다. 윗옷, 신발, 지갑, 넥타이핀은 나뭇가지와 나무 밑동에 매달려 있거나 흩어져 있었습니다. 바람이 획 불어오자 풀은 와삭와삭 나뭇잎은 버석버석 나무는 딱딱 소리를 냈습니다.

개가 으르렁거리며 돌아왔습니다. 등 뒤에서 "나리, 나리!" 하고 부르는 사람 목소리가 들려왔습니다. 두 사람은 힘차게 소리쳤습니다.

"어이, 여기야. 빨리 오게."

도롱이를 걸친 전문 사냥꾼이 서걱서걱 풀밭을 헤치며 다가왔습니다. 그제야 두 사람은 안심했습니다. 사냥꾼이 가져온 경단을 먹고 도중에 여관에 들러 산새를 10엔어치 사서 도쿄로 돌아갔습니다. 그러나 종잇조각처럼 구겨진 두 사람의 얼굴은 도쿄로 돌아가서도, 목욕탕에 들어가서도 원래대로 돌아오지 않았습니다.

바람의 마타사부로

1

윙 위잉 위이잉 윙 위잉

푸른 호두도 날려버려라

시큼한 모과도 날려버려라

윙 위잉 위잉잉 윙 위잉

산골짜기를 흐르는 시냇물 옆에 작은 학교가 있었습니
다. 교실은 단 하나였지만 학생들은 1학년부터 6학년까지
모두 있었습니다. 운동장은 겨우 테니스장만 했지만 바로
뒤에는 밤나무가 자라는 아름다운 산이 있고 운동장 한쪽
에는 시원한 물이 퐁퐁 솟는 바위 구멍도 있었습니다.

상쾌한 9월 1일 아침이었습니다. 푸른 하늘에 바람이 살랑살랑 불고 운동장에 햇살이 가득했습니다. 검은색 유키바카마(눈이 많이 내리는 일본 지역에서 주로 입는 통이 넓은 바지) 차림의 1학년 아이 두 명이 둑길을 빙 돌아 운동장에 들어섰습니다. 아직 아무도 안 온 것을 확인하고는 "와, 우리가 일등이다. 일등!" 하고 번갈아 외치며 신이 나서 걸어 들어왔습니다.

그러나 언뜻 교실을 들여다보고는 둘 다 깜짝 놀라 우뚝 멈춰 서더니 얼굴을 마주 보고 부들부들 떨었습니다. 그러다 마침내 한 아이가 울음을 터뜨렸습니다. 조용한 아침의 교실에 어디서 왔는지 낯선 얼굴의 빨간 머리 아이가 맨 앞자리에 혼자 반듯이 앉아 있었기 때문입니다. 더구나 그 자리는 방금 울음을 터뜨린 바로 그 아이의 자리였습니다.

다른 한 아이도 거의 울 것 같았지만 억지로 참으며 눈을 크게 뜨고 그쪽을 노려보았습니다. 때마침 강 상류에서 "초는 아가구리, 초는 아가구리."라고 크게 외치는 소리가 들리더니 가스케가 가방을 안고 웃으며 커다란 까마귀처럼 운동장을 가로질러 달려왔습니다. 뒤이어 사타로와 고스케도 우르르 따라왔습니다.

"왜 우는 거야? 네가 울렸니?"

가스케가 울고 있지 않은 아이의 어깨를 잡으며 말했습니다. 그러자 그 아이마저 "앙" 하고 울음을 터뜨렸습니다. 다들 무슨 일인가 싶어 교실 안을 들여다보고서야 교실 안에 처음 보는 빨간 머리 아이가 점잔을 빼고 반듯이 앉아 있는 모습을 발견했습니다.

다들 조용해졌습니다. 여자아이들도 하나둘 모여들었지만 아무도 말하지 않았습니다. 빨간 머리 아이는 전혀 주눅 들지 않고 여전히 반듯이 앉아 가만히 칠판을 보고 있습니다.

그때 6학년생 이치로가 왔습니다. 이치로는 마치 어른처럼 느린 걸음으로 천천히 걸어와 아이들에게 물었습니다.

"무슨 일이야?"

그제야 비로소 다들 와자지껄 소리를 내며 교실 안에 있는 이상한 아이를 가리켰습니다. 이치로는 한동안 그쪽을 보다가 가방을 겨드랑이에 단단히 끼고 창문 아래로

척척 걸어갔습니다. 아이들도 한껏 기운차게 이치로를 뒤따랐습니다.

"아직 시간도 되지 않았는데 교실에 들어온 너는 누구니?"

이치로는 창틀 위로 기어올라 교실 안으로 얼굴을 들이밀며 물었습니다.

"날씨 좋은 날에 교실에 있으면 선생님께 엄청나게 혼나."

창문 아래에서 고스케가 말했습니다.

"혼나도 난 몰라."

가스케도 말했습니다.

"빨리 나와. 나오라고."

이치로가 말했습니다. 그러나 빨간 머리 아이는 힐끔힐끔 교실과 아이들을 둘러볼 뿐 무릎에 손을 얹고 그대로 앉아 있었습니다.

무엇보다 아이의 모습이 정말 이상했습니다. 아이는 기묘한 쥐색의 헐렁한 겉옷과 하얀 반바지를 입고, 빨간 가죽 반장화를 신고 있었습니다. 얼굴은 잘 익은 사과 같았고 눈은 유난히 동그랗고 새까맸습니다. 도무지 말이 통할 것 같지 않아 이치로는 몹시 난처했습니다.

"녀석은 외국 사람일 거야."

"우리 학교에 전학 왔나 봐."

다들 웅성거렸습니다. 그때 갑자기 5학년 가스케가 "알 았다. 3학년으로 들어오는 거야."라고 말했습니다.

"아, 그렇구나."

저학년 아이들도 그렇게 생각했지만 이치로는 말없이 고개를 갸우뚱했습니다. 이상한 아이는 힐끔힐끔 아이들 을 둘러볼 뿐 계속해서 반듯이 앉아 있었습니다.

그때 바람이 휙 불자 교실 창문들이 일제히 덜컹덜컹 울고 학교 뒷산의 억새와 밤나무도 하나같이 이상하게 파 르스레해져서 서걱거리고, 교실 안의 아이는 어쩐지 히죽 웃으며 몸을 조금 움직인 것 같았습니다. 그때 가스케가 소리쳤습니다.

"아, 알았다. 녀석은 바람의 마타사부로[바람의 동자 신 (童子神)]야."

모두 그렇다고 생각했을 때 갑자기 뒤쪽에서 고로가 "아, 아프잖아!" 하고 소리쳤습니다. 모두 그쪽을 돌아보 니 고스케에게 발을 밟혀 화가 난 고로가 고스케를 때리고 있었습니다. 그러자 고스케도 화가 나서 "와, 잘못했다고 사람을 때리냐?" 하며 고로를 때리려고 했습니다. 고로는 얼굴이 온통 눈물범벅이 되어 고스케한테 덤벼들었습니다. 그때 이치로가 둘 사이에 끼어들었고 가스케가 고스케를 붙잡았습니다.

"얘들아, 싸우지 마. 선생님이 교무실에 계신다고."

이치로가 아이들을 말리며 다시 교실 쪽을 돌아보았다가 입을 딱 벌렸습니다. 조금 전까지 교실에 있던 그 이상한 아이가 흔적도 없이 사라진 것입니다. 아이들은 모처럼 친구가 된 망아지가 먼 곳으로 끌려가버린 듯한, 애써 잡은 곤줄박이가 달아나버린 듯한 기분이 들었습니다.

바람이 다시 획 하고 불어와 창문을 덜컹덜컹 흔들고, 뒷산의 억새를 위쪽으로 밀어붙이며 희끄무레한 물결을 일으켰습니다.

"야, 너희가 싸우니까 마타사부로가 가버렸잖아."

가스케가 화가 나서 말했습니다. 모두 정말로 그렇게 생각했습니다. 고로는 매우 미안해하며 발이 아픈 것도 잊고 어깨를 떨어뜨린 채 힘없이 서 있었습니다.

"역시 녀석은 바람의 마타사부로였어."

"210일(입춘을 기준으로 210일째 되는 날로 해마다 9월 10일 전후인데, 일본은 이 무렵 태풍이 불거나 바람이 세게 분다)이라서 왔구나."

"구두를 신고 있었어."

"양복을 입고 있었어."

"머리카락이 빨간 이상한 녀석이었어."

"어, 마타사부로가 내 책상 위에 돌멩이를 놓고 갔어."

2학년 아이가 말했습니다. 정말 그 아이의 책상 위에 더러운 돌멩이가 놓여 있었습니다.

"그래, 저 유리창도 그 애가 깨뜨렸어."

"아니야, 그건 방학하기 전에 가스케가 돌멩이로 깨뜨렸잖아."

"아냐, 그렇지 않아."

그때 선생님이 현관에서 나왔습니다. 그런데 이건 또 어찌 된 일일까요. 오른손에 반짝반짝 빛나는 호루라기를 들고 조회 준비를 마치고 나온 선생님 바로 뒤에서 바로 좀 전의 빨간 머리 아이가 하얀 모자를 쓰고 부처님의 시

종처럼 뽐내며 자박자박 걸어오지 않겠습니까.

모두 조용해졌습니다. 이치로가 가까스로 "선생님, 안녕하세요?" 하고 인사했습니다.

그제야 다른 아이들도 "선생님, 안녕하세요?" 하고 인사했습니다.

"여러분도 잘 지냈어요? 다들 건강해 보이네요. 그럼 줄을 설까요."

선생님이 호루라기를 삑 불었습니다. 호루라기 소리는 곧바로 골짜기 맞은편 산에 울렸다가 다시 삑 하고 낮은 소리로 되돌아왔습니다.

모든 것이 방학 전과 똑같다고 생각하며 6학년 한 명, 5학년 일곱 명, 4학년 여섯 명, 3학년 열두 명이 학년별로 줄을 섰습니다.

2학년 여덟 명과 1학년 네 명은 앞으로나란히를 하고 줄을 섰습니다. 그때 조금 전의 이상한 아이는 뭐가 우스운지 옆으로 내민 혀를 깨물며 아이들을 빤히 보고 있었습니다. 선생님은 "다카다, 이쪽에 서 봐요." 하며 4학년 학생들의 줄로 데려가 가스케와 키를 재어보고는 가스케와 기요 사이에 세웠습니다. 모두 고개를 돌려 가만히 그 모습을 지켜보았습니다. 선생님이 다시 현관 앞으로 돌아가 "앞으로나란히!" 하고 구령을 붙였습니다.

모두 앞으로나란히를 해서 줄을 맞추었지만 실은 그 이상한 아이가 어떻게 하고 있는지 궁금해서 그 아이가 있는 곳을 쳐다보거나 곁눈질했습니다. 그 아이는 앞으로나란히든 뭐든 다 아는 듯이 손끝이 가스케의 등에 닿을락 말락 두 팔을 쭉 뻗었습니다. 가스케는 왠지 등이 간지러운 것 같아 몸을 배배 꼬았습니다.

"바로."

선생님이 다시 구령을 붙였습니다.

"1학년부터 순서대로 앞으로 가세요."

1학년이 걷기 시작하더니 이윽고 2학년도 3학년도 걸어 나와 다른 학년 앞을 지나 신발장이 있는 오른쪽 입구로 들어갔습니다. 4학년이 걷기 시작하자 조금 전의 아이도 가스케의 뒤를 따라 으스대며 걸어갔습니다. 앞서간 아이들도 가끔 뒤돌아보았고 뒤따라가는 아이들도 가만히 지켜보았습니다.

잠시 후 모두 신발장에 신발을 넣고 교실로 들어가 운동장에서 줄을 섰을 때처럼 학년마다 한 줄로 자리에 앉았습니다. 빨간 머리 아이도 가스케 뒷자리에 점잔을 빼고 앉았습니다. 하지만 교실 안은 곧바로 떠들썩해졌습니다.

　"어? 내 책상이 바뀌었어."

　"내 책상 안에 돌멩이가 들어 있네."

　"기코, 넌 통지표 가지고 왔니? 난 깜박했어."

　"야, 연필 좀 빌려줘. 빨리."

　"안 돼. 왜 내 연습장을 뺏어가는 거야?"

　그때 선생님이 들어오자 모두 여전히 떠들면서도 아무튼 일어섰고 이치로가 맨 뒤에서 "경례." 하고 말했습니다. 인사하는 동안에만 잠시 잠잠했을 뿐 아이들은 다시 와글와글 떠들어댔습니다.

　"조용히, 다들 조용히 하세요."

　선생님이 말했습니다.

　"쉿, 에쓰지, 조용히 해. 가스케, 기코. 너희들도."

　맨 뒤에 앉은 이치로가 떠드는 아이들을 차례차례 나무랐습니다. 다들 조용해지자 선생님이 말했습니다.

"여러분, 긴 여름 방학 동안 재미있게 보냈나요? 여러분은 아침부터 헤엄칠 수도 있었고, 숲속에서 매미한테 지지 않을 만큼 목청껏 소리치기도 하고 풀 베러 가는 형을 따라 들판에 올라가기도 했겠지요. 하지만 여름 방학은 어제로 끝났어요. 이제는 2학기이고 가을이에요. 예부터 가을은 몸과 마음이 바짝 긴장되어 공부가 잘되는 때라고 하지요. 그러니까 여러분도 오늘부터 열심히 공부해야 해요.

그리고 이번 방학 동안 여러분에게 새로운 친구가 생겼어요. 바로 저기 있는 다카다예요. 다카다의 아버지는 이번에 회사 일로 위쪽 들판 어귀로 오시게 되었어요. 다카다는 지금까지 홋카이도에서 학교에 다녔지만 오늘부터 여러분의 친구가 되었으니, 이제 다카다와 공부도 같이 하고 밤 따러도 같이 가고 고기잡이도 함께 다녀야 해요. 알았지요? 그렇게 하겠다는 사람은 손을 들어봐요."

모두 손을 들었습니다. 다카다도 힘차게 손을 들자 선생님은 싱긋 웃고는 곧바로 말했습니다.

"좋아요."

그러자 불이 확 꺼지듯 모두 동시에 손을 내렸습니다. 그때 가스케가 "선생님." 하고 손을 들었습니다.

"음, 말해 봐요."

선생님이 가스케를 가리켰습니다.

"다카다는 이름이 뭐예요?"

"아, 사부로예요. 다카다 사부로."

"와, 그렇구나. 역시 마타사부로였어."

가스케가 제자리에 앉은 채 손뼉을 치며 춤이라도 칠 듯이 좋아했기 때문에 고학년 아이들은 와하하 웃었지만 3학년과 그 아래 학년들은 어쩐지 겁먹은 듯 조용히 사부로를 바라보았습니다. 선생님이 말했습니다.

"여러분, 오늘은 통지표와 방학 숙제를 가져오는 날이죠? 다들 숙제를 책상 위에 꺼내세요. 지금 걷겠어요."

아이들은 가방을 열거나 책보를 풀어 통지표와 숙제장을 책상 위에 올려놓았습니다. 그러자 선생님이 1학년 것부터 차례차례 모으기 시작했습니다.

그때 아이들은 깜짝 놀랐습니다. 언제부턴가 아이들 뒤쪽에 어른 한 명이 서 있었기 때문입니다. 그 사람은 헐렁

헐렁한 하얀 삼베옷을 입고 반들거리는 검은 손수건을 넥타이 대신 매고 손에 든 하얀 부채를 설렁설렁 부치면서 웃으며 아이들을 바라보고 있었습니다. 아이들은 점점 조용해지다가 아예 딱 굳어버렸습니다.

하지만 선생님은 특별히 그 사람에게 신경 쓰는 기색도 없이 차례차례 통지표를 걷으며 사부로 앞에까지 왔습니다. 사부로는 통지표도 숙제장도 없었기에 두 손을 책상 위에 올려놓고 있었습니다. 선생님은 아무 말 없이 사부로의 자리를 지나 다른 아이들의 통지표와 숙제장을 가지런히 챙겨 교단으로 돌아갔습니다.

"그럼 숙제장은 다음 토요일까지 고쳐서 돌려줄 테니 오늘 가져오지 않은 사람은 잊지 말고 내일 꼭 가져오세요. 에스지, 고지, 료사쿠, 알았죠? 그럼 오늘은 여기까지 할게요. 내일부터는 평소처럼 수업 준비를 해오세요. 그리고 5학년과 6학년은 선생님과 함께 교실 청소를 합시다. 그럼, 여기까지."

이치로가 "차렷!" 하고 말하자 모두 동시에 일어섰습니다. 뒤에 있던 어른도 부채질을 멈추고 똑바로 섰습니다.

"경례."

선생님도 아이들도 인사했습니다. 뒤에 있던 어른도 가볍게 고개를 숙였습니다. 저학년 아이들은 단숨에 교실을 빠져나갔지만 4학년 아이들은 우물쭈물했습니다.

이치로가 좀 전의 헐렁헐렁한 옷을 입은 사람 쪽으로 갔습니다. 선생님도 교단에서 내려와 그 사람에게 다가갔습니다.

"아이고, 정말 수고 많이 하셨습니다."

그 사람이 선생님에게 공손히 인사했습니다.

"금방 다들 친구가 될 겁니다."

선생님도 인사하며 말했습니다.

"아무쪼록 잘 부탁드립니다. 그럼 이만 실례하겠습니다."

그 사람은 다시 공손하게 인사하고 눈짓으로 사부로를 부르더니 현관 쪽으로 나가 밖에서 기다렸습니다. 사부로는 모두 지켜보는 가운데 눈을 크게 뜨고 아무 말 없이 교실 문을 나갔습니다. 두 사람은 운동장을 가로질러서 강 하류 쪽으로 걸어갔습니다.

운동장을 나설 때 사부로는 고개를 돌려 학교와 아이

들 쪽을 노려보는 듯하더니 다시 흰옷을 입은 사람과 성큼성큼 걸어갔습니다.

"선생님, 저 사람은 다카다의 아버지인가요?"

이치로가 빗자루를 들고 선생님에게 물었습니다.

"그렇단다."

"무슨 일로 왔나요?"

"왼쪽 들판 어귀에 몰리브덴이라는 광석이 나는데 그것을 캐기 위해 왔다는구나."

"어디쯤 있는데요?"

"나도 아직 자세한 건 모르는데, 너희가 늘 말을 몰고 다니는 길에서 조금 더 강 아래쪽에 있는 것 같구나."

"몰리브덴은 어디에 쓰는데요?"

"철과 섞어서 쓰거나 약을 만들 때 쓴단다."

"그럼 마타사부로도 그걸 캐나요?"

가스케가 물었습니다.

"마타사부로가 아니라 다카다 사부로야."

사타로가 말했습니다.

"아니야, 마타사부로야, 마타사부로."

가스케는 얼굴이 빨개지도록 고집스레 우겼습니다. 이치로가 말했습니다.

"가스케, 남아 있을 거면 청소 좀 도와."

"싫어. 오늘은 5학년과 6학년이 하는 거잖아."

가스케는 후다닥 교실 밖으로 달아났습니다. 바람이 다시 불어와 창문이 덜컹덜컹 울리고 걸레가 담긴 양동이에도 작고 까만 물결이 일었습니다.

2

이치로는 다음 날 그 이상한 아이가 오늘부터 정말 학교에 나와 책을 읽거나 할지 빨리 보고 싶어 평소보다 빨리 가스케네 집으로 갔습니다. 그런데 가스케는 이치로보다 그 마음이 더 간절했던지 벌써 아침을 다 먹고 책보를 든 채 집 앞에서 이치로를 기다리고 있었습니다.

둘은 그 아이 이야기를 하며 학교에 갔습니다. 운동장에는 벌써 어린아이 일고여덟 명이 모여 막대 찾기 놀이를 하고 있었는데, 그 아이는 아직 오지 않았습니다. 어제처럼 또 교실에 앉아 있나 싶었지만 교실은 고요할 뿐 아무도 없었고, 칠판에는 어제 청소할 때 걸레로 닦은 자국이 뿌옇게 남아 있었습니다.

"어제 그 녀석은 아직 안 왔구나."

이치로가 말했습니다.

"응."

가스케도 이치로 옆에 서서 교실을 들러보았습니다.

이치로는 철봉 아래로 걸어가 간신히 철봉에 올라 팔을 천천히 움직이며 오른쪽으로 옮겨 가더니 철봉 위에 걸터앉아 어제 사부로가 돌아간 쪽을 지그시 굽어보았습니다.

강물은 반짝반짝 빛나며 아래로 흐르고 그 아래쪽 산 위로는 바람이 불고 있는지 이따금 억새가 하얗게 물결치고 있었습니다. 가스케도 철봉 밑에 가만히 서서 그쪽을 바라보며 기다렸습니다.

그러나 오래 기다릴 필요도 없었습니다. 사부로가 오른손에 잿빛 가방을 들고 아래쪽 길에서 튀어나오듯 갑자기 나타났기 때문입니다.

"왔다!"

이치로가 밑에 있는 가스케에게 소리쳤을 때 사부로는

벌써 둑길을 빙 돌아 성큼성큼 교문에 들어서서 또랑또랑하게 말했습니다.

"안녕?"

모두 일제히 그쪽을 돌아보았지만 대답한 아이는 한 명도 없었습니다. 선생님에게 언제나 "안녕하세요."라고 인사하라고 배웠을 뿐 아이들끼리 "안녕." 하고 인사한 적은 없었기 때문입니다. 그런데 사부로가 당당하게 인사하자 이치로와 가스케는 너무 당황한 나머지 머뭇거리며 "안녕."이라고 인사말을 건네지 못하고 입안에서 우물거렸습니다.

사부로는 특별히 신경 쓰지 않는다는 듯 두세 걸음 걷더니 가만히 멈춰 서서 까만 눈으로 운동장을 빙 둘러보았습니다. 자기와 놀아줄 친구를 찾는 듯했습니다. 그러나 모두 사부로를 힐끔힐끔 보기만 할 뿐 그에게 다가오는 아이는 없었습니다. 모두 머뭇거리다가 바쁜 듯 막대 찾기 놀이를 했습니다.

조금 무안해진 사부로는 우두커니 서 있다가 다시 한번 운동장을 둘러보았습니다. 운동장 크기가 얼마나 되는지 재어보려는 듯 교문에서 현관까지 걸음 수를 세어보며 큰 걸음으로 걷기 시작했습니다. 이치로는 급히 철봉에서 뛰어내려 가스케와 나란히 숨죽인 채 그 모습을 지켜보았습니다.

잠시 후 사부로는 건너편 현관 앞까지 갔다가 다시 돌아서서 암산하는 듯 고개를 숙이고 서 있었습니다. 모두 힐끔힐끔 그쪽을 보았습니다. 사부로는 조금 난처하다는 듯 뒷짐을 지고 교무실 앞을 지나 맞은편 둑길 쪽으로 걸어갔습니다.

그때 바람이 획 하고 불어와 강둑의 풀들이 쏴쏴 물결치고, 운동장 한가운데서 먼지가 피어올라 현관 앞까지 몰려가더니 뱅뱅 돌며 작고 누런 회오리바람이 되어 병을 거꾸로 뒤집어놓은 모양으로 지붕보다 높이 올라갔습니다.

"맞아, 저 애는 확실히 마타사부로야. 녀석이 무슨 일을 했다 하면 어김없이 바람이 불잖아."

"응."

이치로는 정말 그럴지도 모른다고 생각하며 묵묵히 그

쪽을 보았습니다. 사부로는 전혀 신경 쓰지 않고 강둑 쪽으로 빠르게 걸어갔습니다. 그때 선생님이 여느 때처럼 호루라기를 들고 현관으로 나왔습니다.

"안녕하세요."

아이들이 달려왔습니다.

"안녕."

선생님은 운동장을 잠깐 둘러본 후 호루라기를 삑 불었습니다.

"자, 줄을 서세요."

모두 모여 어제처럼 줄을 맞춰 섰습니다. 사부로도 어제 정해준 곳에 서 있었습니다. 선생님은 해가 똑바로 비추어 눈이 부신 듯 얼굴을 찡그리면서도 차례차례 구령을 붙였고 모두 교실로 들어갔습니다. 인사가 끝나자 선생님이 말했습니다.

"여러분, 오늘부터 공부를 시작하겠어요. 준비물은 잘 챙겨왔죠? 그럼 1학년과 2학년은 습자 교본과 벼루와 종이를 꺼내고, 3학년과 4학년은 산수책과 공책을 꺼내고, 5학년과 6학년은 국어책을 꺼내세요."

그러자 여기저기서 시끌벅적 소란스러웠습니다. 사부로의 바로 옆자리에 앉은 4학년 사타로가 갑자기 손을 뻗어 3학년 가요의 연필을 휙 가져갔습니다. 가요는 사타로의 여동생입니다.

　"오빠! 내 연필 가져가면 어떻게 해."

　가요가 다시 집어오려고 하자 사타로는 "이건 내 연필이야."라며 연필을 품속에 넣고는 중국인이 인사하는 것처럼 두 손을 소매 속에 넣은 채 책상 앞에 가슴을 붙이고 납작 엎드렸습니다.

　"오빠, 오빠 연필은 그제 헛간에서 잃어버렸잖아. 빨리 내 연필 돌려줘."라며 어떻게든 연필을 되찾아오려고 했지만 사타로는 화석처럼 책상에 달라붙어 꼼짝도 하지 않았습니다. 가요는 선 채로 입술을 일그러뜨리며 울음을 터뜨리려 했습니다.

　사부로는 국어책을 책상 위에 꺼내고 난처하다는 듯이 이 모습을 보고 있었습니다. 마침내 가요가 눈물을 뚝뚝 흘리자 아무 말 없이 오른손에 쥐고 있던 크기가 반으로 줄어든 연필을 사타로의 책상 위에 놓았습니다. 사타로는 갑자기 힘이 나서 벌떡 일어서더니 사부로에게 물었습니다.

"주는 거야?"

사부로는 조금 머뭇거리다가 결심한 듯 "응." 하고 대답했습니다. 그러자 사타로가 갑자기 웃음을 터뜨리더니 품속의 연필을 가요의 조그만 손에 건넸습니다.

선생님은 맞은편에서 1학년 학생들의 벼루에 물을 따라주느라, 가스케는 사부로의 앞자리라 보지 못했지만 이치로는 맨 뒷자리에서 모두 보고 있었습니다. 이치로는 뭐라 말할 수 없는 묘한 기분에 뿌드득뿌드득 이를 갈고 있었습니다.

"그럼 3학년은 여름 방학 전에 배운 뺄셈을 다시 한번 해봅시다. 이 문제를 풀어보세요."

선생님은 칠판에 문제를 썼습니다.

$$
\begin{array}{r}
25 \\
-\ 12 \\
\hline
\end{array}
$$

3학년들은 문제를 열심히 공책에 옮겨 적었습니다. 가요도 공책에 얼굴이 맞닿을 듯한 자세로 썼습니다.

"4학년은 이걸 풀어보세요."

$$
\begin{array}{r}
17 \\
\times\ \ 4 \\
\hline
\end{array}
$$

4학년인 사타로를 비롯하여 기조와 고스케도 문제를 공책에 옮겨 적었습니다.

"5학년은 국어책 ○○쪽의 ×과를 펴고 소리 내지 않고 읽을 수 있는 데까지 읽어보세요. 모르는 글자는 공책에 적어두세요."

5학년도 모두 선생님이 시키는 대로 따랐습니다.

"이치로도 국어책 ○○쪽을 읽으면서 모르는 글자가 있으면 빠짐없이 공책에 적으세요."

선생님은 교단에서 내려와 1학년과 2학년이 쓴 글씨를 일일이 살펴보고 다녔습니다. 사부로는 책상 위에 책을 반듯이 세워 두 손으로 잡고서 선생님이 시킨 대로 숨소리도 내지 않고 가만히 읽었습니다. 하지만 공책에는 아무것도 적혀 있지 않았습니다. 그 까닭이 모르는 글자가 하나도 없어서인지 하나뿐인 연필을 사타로에게 줘버려서인지는 알 수 없었습니다.

그 사이에 선생님은 다시 교단에 올라가 3학년과 4학년에게 낸 문제를 풀어주고 또 다른 문제를 내고는, 이번에는 5학년들이 공책에 적어놓은 모르는 한자를 칠판에 쓰고 음풀이와 뜻풀이를 해주었습니다. 그런 다음에 말했습니다.

"그럼, 가스케가 읽어봐요."

가스케는 두세 번 틀렸지만 선생님이 도와주어 무사히 읽을 수 있었습니다.

사부로도 가만히 듣고 있었습니다. 선생님은 책을 들고 가만히 듣고 있다가 가스케가 열 줄 정도 읽고 나자 "거기까지." 하고 말하고 그 뒤부터는 선생님이 읽었습니다.

이렇게 해서 한 차례 읽기가 끝나자 선생님은 아이들에게 책과 도구들을 집어넣으라고 했습니다.

"그럼 오늘은 여기까지."

선생님이 교단에 올라 이렇게 말하자, 이치로가 뒤에서 "차렷!" 하고 구령을 붙였습니다. 인사가 끝나자 모두 순서대로 밖으로 나가 줄을 서지 않고 흩어져서 놀았습니다.

2교시는 1학년부터 6학년까지 모두 음악 시간이었습니다. 선생님이 만돌린(비파를 반으로 쪼개 놓은 것처럼 생긴 서양 악기)을 가지고 오자 모두가 지금까지 배운 노래 중 다섯 곡을 골라 만돌린 연주에 맞춰 불렀습니다. 사부로도 알고 있는 노래여서 함께 따라 불렀습니다. 음악 시간은 아주 빨리 지나갔습니다.

3교시가 되자 이번에는 3학년과 4학년이 국어를, 5학년과 6학년은 수학을 배웠습니다. 선생님이 다시 칠판에 문제를 쓰고 5학년과 6학년이 계산을 했습니다. 이치로는 답을 쓰고 나서 사부로 쪽을 힐끔 보았습니다. 그때 사부로는 어디서 났는지 조그만 뜬숯(장작을 때고 난 뒤에 꺼서 만든 숯)으로 공책에 숫자를 커다랗게 쓰며 문제를 풀었습니다.

3

다음 날 아침, 하늘은 맑고 시냇물은 졸졸 소리를 내며 흘렀습니다. 이치로는 가스케와 사타로와 에쓰지네 집에 들러 다 같이 사부로네 집 쪽으로 걸어갔습니다. 학교보다 조금 더 아래쪽에 있는 시냇물을 건너, 물가에서 버드나무 가지를 하나씩 꺾어 푸른 껍질을 싹싹 벗겨내 채찍을 만들어 저마다 손으로 쌕쌕 울리며 위쪽 들판으로 올라갔습니다. 오른 지 얼마 안 되었을 때부터 다들 숨을 할딱거렸습니다.

"마타사부로가 정말로 저기 샘터까지 와서 기다리고 있을까?"

"기다리고 있을 거야. 마타사부로는 거짓말 안 해."

"아, 더워. 바람 좀 불었으면 좋겠다."

"어디선가 바람이 부는데?"

"마타사부로가 일으켰을 거야."

"어쩐지 해가 흐리멍덩해진 것 같아."

하늘에 흰 구름이 조금 생겼습니다. 아이들은 이제 꽤 높이 올라갔습니다. 골짜기의 집들이 한창 발밑에 보이고 이치로네 집 헛간 지붕이 하얗게 빛나고 있습니다.

숲길로 접어들자 한동안 질퍽한 길이 이어지고 주위에 아무것도 보이지 않았습니다. 얼마 지나 아이들은 약속 장소인 샘터 근처에 다다랐습니다. 그때 샘터 쪽에서 "어이! 다들 왔어?" 하고 고함치듯 말하는 사부로의 목소리가 들렸습니다.

아이들이 후다닥 뛰어 올라갔습니다. 맞은편 모퉁이에 사부로가 조그만 입술을 꼭 다문 채 네 사람이 뛰어 올라오는 모습을 보고 있었습니다. 세 사람은 겨우 사부로 앞까지 왔습니다. 하지만 숨이 차서 얼마간 아무 말도 하지 못했습니다. 가스케는 너무 답답해서 하늘을 향해 와하고 외치며 얼른 숨을 뱉어내려고 했습니다. 그러자 사부로가 크게 웃었습니다.

"한참 기다렸어. 그런데 오늘은 비가 올지도 모른대."

"그럼 빨리 가자. 그 전에 우선 물 마시고."

네 사람은 땀을 닦으며 쪼그리고 앉아 새하얀 바위에서 퐁퐁 솟는 차가운 물을 손으로 몇 번이나 떠 마셨습니다.

"우리 집은 여기서 가까워. 저 산골짜기 위야. 돌아갈 때 모두 들렀다 가."

"응, 우선 들판에 가자."

모두 다시 걷기 시작했을 때 샘물은 뭔가를 알려주듯 쿨 렁대고 주위의 나무도 왠지 쏴 소리를 낼 것 같았습니다.

다섯의 아이들은 숲 언저리의 덤불을 지나고 바위 부스러기가 툭툭 떨어지는 곳을 몇 번이나 지나 위쪽 들판 어귀에 가까워졌습니다.

아이들은 돌아서서 서쪽을 바라보았습니다. 환해지기도 하고 그늘지기도 하며 겹겹이 마주 닿은 언덕들 너머로 푸른 들판이 강을 끼고 아련히 펼쳐져 있었습니다.

"야, 저기 강이 보인다."

"꼭 가스가묘진(春日明神: 나라 시에 있는 가스가 신사에서 모시는 신의 이름)의 허리띠 같은데."

사부로가 말했습니다.

"뭐 같다고?"

이치로가 물었습니다.

"가스가묘진의 허리띠 같다고."

"너 신의 허리띠를 본 적이 있어?"

"홋카이도에서 봤어."

모두 무슨 말인지 몰라 아무 말도 하지 않았습니다.

이제 정말로 위쪽 들판 어귀에 닿았습니다. 말끔하게 베어진 풀숲에 커다란 밤나무 한 그루가 있었는데, 뿌리께는 새까맣게 타서 커다란 구멍이 뚫린 것 같았고 가지에는 낡은 밧줄과 끊어진 새끼줄 따위가 늘어져 있었습니다.

"조금 더 가면 사람들이 풀을 베고 있어. 그리고 말도 볼 수 있어."

이치로가 이렇게 말하며 베어 낸 풀 사이로 난 외길을 성큼성큼 앞장서 걸었습니다. 사부로는 뒤에서 "여기에는 곰이 없으니까 말을 풀어놔도 되겠구나."라고 중얼거리며 걸었습니다.

한참을 걸어가니 길섶의 아름드리 졸참나무 밑에 가마
니가 놓여 있고 둘레 여기저기에 풀 더미가 뒹굴고 있었
습니다.

등에 풀더미를 짊어진 말 두 마리가 이치로를 보고 코
를 벌름거리며 푸르르 울었습니다.

"형, 어디 있어? 형, 나 왔어."

이치로가 땀을 닦으며 소리쳤습니다.

"어, 왔구나. 거기 있어라. 지금 갈 테니까."

멀리 맞은편 너머의 움푹 팬 땅에서 이치로네 형의 목
소리가 들렸습니다.

해가 활짝 나자 이치로의 형이 저 너머 풀 더미 위로
웃으며 나타났습니다.

"잘 왔어. 친구들도 데리고 왔구나. 잘됐네. 돌아가는
길에 망아지를 데려갈 수 있겠어. 오늘 낮부터 날이 흐려
질 거야. 나는 풀을 좀 더 베어야 하니까 너희들은 놀고
싶으면 저 울타리 안에서 놀아. 목장에는 아직 말이 스무
마리쯤 있을 거야."

이치로의 형이 저편으로 가려다가 돌아보며 말했습니다.

"울타리 밖으로는 나가지 마라. 길을 잃으면 위험하니까. 낮에 다시 올게."

"응, 울타리 안에만 있을게."

이치로의 형은 풀을 베러 갔습니다. 하늘에는 온통 옅은 구름이 끼고 태양은 하얀 거울 같아서 구름과 반대쪽으로 달려갔습니다. 바람이 불자 아직 베지 않은 풀들이 일제히 물결쳤습니다.

이치로가 앞장서서 좁다란 길을 곧장 걸어가자 이윽고 울타리가 보였습니다. 울타리가 망가진 자리에 통나무 두 개를 걸쳐놓은 곳이 있었습니다. 에쓰지가 그 통나무 밑으로 지나가려는데 가스케가 "나, 이까짓 것쯤 치워버릴 수 있어."라며 통나무 한쪽 끝을 바닥에 내려놓았고 다들 그쪽으로 뛰어넘어 안으로 들어갔습니다. 조금 언덕진 맞은편에 반들반들 윤이 나는 갈색 말 일곱 마리가 모여 살랑살랑 꼬리를 흔들고 있었습니다.

"이 말들은 한 마리에 1,000엔(당시 소형 자동차 한 대를 살 수 있는 금액)이 넘는대. 내년부터 모두 경마에 나간대."

이치로가 말 옆으로 다가가며 말했습니다. 말들은 지금까지 몹시 외로웠다는 듯 이치로와 아이들 쪽으로 다가왔습니다. 그리고 뭔가를 원하는 듯 자꾸 코를 내밀었습니다.

"하하하, 소금을 달라는 뜻이구나."

다들 이렇게 말하고서 말한테 핥으라고 손을 내밀었지만 사부로는 말에 익숙하지 않은 듯 겁먹은 얼굴로 주머니에 손을 푹 넣었습니다.

"와, 마타사부로는 말을 무서워하는구나."

에쓰지가 말했습니다.

"무섭지 않아."

사부로는 급히 호주머니에서 손을 빼 말의 코앞에 내밀었습니다. 하지만 막상 말이 목을 쭉 뻗어 핥으려 하자 얼굴빛을 싹 바꾸며 재빨리 주머니에 손을 다시 넣었습니다.

"와, 마타사부로는 말이 무섭구나."

에쓰지가 다시 말했습니다. 그러자 사부로는 얼굴이 새빨개져서 한동안 머뭇거리다 말했습니다.

"우리, 다 같이 경마할까?"

'경마라니 대체 뭘 어떻게 하자는 거지?' 하고 다들 궁금해했습니다. 사부로가 말했습니다.

"난 경마하는 거 많이 봤어. 하지만 이 말들은 안장이 없으니까 탈 수 없어. 그러니까 다들 한 마리씩 말을 몰고 달려서 저기 저 커다란 나무에 먼저 닿는 사람이 이기는 거로 하자."

"그거 재미있겠다."

가스케가 좋아했습니다.

"혼날지 몰라. 말 돌보는 사람에게 들키면."

"괜찮아. 경마에 나갈 말이니까 연습해두면 좋잖아."

사부로가 말했습니다.

"좋아, 나는 이 말로 정했다."

"나는 이 말."

"그럼 나는 이 말."

다들 버드나무 가지나 억새 이삭으로 말을 가볍게 때리며 "출발!" 하고 소리쳤습니다. 하지만 말들은 꿈쩍도 하지 않았습니다. 풀을 뜯으려 목을 아래로 뻗거나 주위의 풍경을 더 자세히 보려는 듯 목을 위로 뻗을 뿐이었습니다.

이치로가 손뼉을 짝 마주치며 "이랴!" 하고 외쳤습니다. 그러자 갑자기 말 일곱 마리가 모두 갈기를 나부끼며 나란히 달려갔습니다.

"좋았어."

가스케는 신이 나서 달렸습니다. 하지만 아무리 해도 그걸 경마라고 할 수는 없었습니다. 무엇보다 말들은 계속해서 어깨를 나란히 하고 달렸고 승부를 겨룰 만큼 빨리 달리지도 않았습니다. 그래도 다들 즐거워하며 "이랴, 이랴!" 소리치면서 힘껏 말을 뒤쫓았습니다.

얼마 가지 않아 말들이 속도를 줄였습니다. 아이들도 조금 헉헉거렸지만, 꾹 참고 다시 말을 몰았습니다. 말들은 어느 틈에 언덕진 곳을 빙 돌아 조금 전 아이들이 목장 안으로 들어올 때 넘어온 망가진 울타리 쪽으로 왔습니다.

"아, 말이 나간다. 말이 나가잖아. 막아, 막아!"

이치로가 얼굴이 새파래져서 소리쳤습니다. 말은 정말로 울타리 밖으로 나가려는 모양이었습니다. 자꾸자꾸 달려서 통나무 가로대를 뛰어넘으려고 했습니다.

"워, 워!"

이치로가 허둥지둥 소리치며 통나무를 원래 자리에 걸쳐놓았습니다. 세 아이가 급히 통나무 밑을 빠져나갔을 때 말 두 마리는 벌써 달리기를 멈추고 울타리 밖에 있는 풀을 뜯고 있었습니다.

"조심조심 붙잡아, 조심히."라며 이치로가 말 한 마리의 재갈 고리(재갈과 고삐를 연결하는 고리)를 단단히 거머쥐었습니다. 다른 한마리를 가스케와 사부로가 붙잡으려 다가가자 그 말은 깜짝 놀란 듯 울타리를 따라 남쪽으로 쏜살같이 달아나버렸습니다.

"형, 말이 달아났어. 말이 달아났어."

뒤쪽에서 이치로가 목청껏 소리쳤습니다. 사부로와 가스케는 힘껏 말을 쫓아갔습니다. 하지만 말은 이번에야말로 기필코 달아나기로 단단히 작정한 듯했습니다. 자기 키만 한 풀을 헤치고 솟구쳤다 내려왔다 하며 끝도 없이 달려갔습니다.

가스케는 이제 다리가 너무 저려서 어디를 어떻게 달리고 있는지도 알 수 없었습니다. 이어서 눈앞이 새파래지고 빙글빙글 돌아 마침내 무성한 풀밭에 쓰러지고 말았습니다. 언뜻 말의 붉은 갈기와 말을 뒤쫓는 사부로의 하얀 셔츠 끝자락이 보였습니다.

가스케는 벌렁 누워 하늘을 보았습니다. 하늘이 새하얗게 빛나며 빙글빙글 돌고 옅은 잿빛 구름이 성큼성큼 달려오고 있었습니다. 하늘이 우르릉 우르릉 울고 있었습니다.

가스케는 가까스로 일어나 가쁜 숨을 내쉬며 말이 달려간 쪽으로 걸어갔습니다. 말과 사부로가 지나간 자국인 듯, 풀숲에는 길 같은 것이 희미하게 나 있었습니다. 가스케는 웃으며 생각했습니다.

'흥, 말도 겁이 나서 어딘가에 서 있을 거야.'

가스케는 열심히 그 흔적을 쫓아갔습니다. 그러나 그 길은 가스케가 백 걸음도 가기 전에 뚝갈(산과 들의 볕이 잘 드는 풀밭에서 자라고, 흰 꽃이 피며 잎과 줄기가 억세고 거친 털이 있다)과 높이 자란 엉겅퀴 풀숲에서 길이 두 갈래 세 갈래로 갈라져 어느 길로 갔는지 전혀 알 수가 없었습니다. 가스케는 "어이!" 하고 소리쳤습니다. 어디선가 사부로가 "어이!" 하고 소리치는 듯했습니다.

가스케는 큰맘 먹고 가운데 길로 들어섰습니다. 하지만 그 길은 뚝뚝 끊어지기도 하고 말이 다닐 수 없을 것 같은 가파른 비탈 옆을 지나기도 했습니다.

하늘은 몹시 어둡고 주위가 부옇게 흐려졌습니다. 이윽고 차가운 바람이 풀을 스쳐 지나가고 구름과 안개가 끊어졌다 이어지며 스르르 눈앞을 지나갔습니다.

'아, 큰일 났다. 지금부터 안 좋은 일들이 한꺼번에 몰려올 것 같아.'

가스케는 생각했습니다. 우려는 현실이 된 듯 말이 지나간 자국이 별안간 숲속에서 사라지고 말았습니다.

'아, 어떡하지? 큰일 났다.'

가스케는 가슴이 쿵쿵 뛰었습니다. 풀이 몸을 구부려 사삭사삭 속삭이기도 하고 서걱서걱 울기도 했습니다. 안개가 점점 더 짙어져 옷이 흠뻑 젖어버렸습니다. 가스케는 있는 힘을 다해 소리쳤습니다.

"이치로, 이치로, 나 여기 있어."

하지만 아무런 대답도 들리지 않았습니다. 칠판에서 떨어지는 분필 가루처럼 칙칙하고 차가운 안개 알갱이가 춤

추듯 돌아다니고 주위가 갑자기 조용해져 더욱 음산하게 느껴졌습니다. 벌써 풀잎에 똑똑 물방울이 떨어지는 소리가 들렸습니다.

가스케는 어서 빨리 이치로와 아이들이 있는 곳으로 가야겠다 싶어 서둘러 발길을 돌렸습니다. 그런데 이상하게도 그 길은 방금 지나온 길과 달라 보였습니다. 무엇보다 엉겅퀴가 너무 많았고 조금 전에는 보이지 않던 자갈이 드문드문 바닥에 뒹굴고 있었습니다. 그러더니 마침내 본 적도 없는 깊은 골짜기가 눈앞을 딱 가로막았습니다. 서걱서걱 참억새 스치는 소리가 나고 맞은편은 바닥을 알 수 없는 골짜기처럼 안개에 지워지고 있었습니다.

바람이 불자 참억새 이삭은 수많은 가녀린 팔을 내밀어 부산스레 흔들며 "아, 서쪽님, 아, 동쪽님, 아, 서쪽님, 아, 남쪽님, 아, 서쪽님." 하고 말하는 듯했습니다.

가스케는 차마 볼 수가 없어 눈을 감고 고개를 돌린 다음 발길을 서둘렀습니다. 별안간 좁고 검은 길이 풀숲 사이로 나타났습니다. 수많은 말발굽 자국으로 만들어진 길이었습니다. 가스케는 무심결에 짧은 웃음소리를 내고는 그 길로 계속 걸었습니다.

하지만 그 길도 미덥지 못한 것이, 폭이 15센티미터쯤 좁아졌다가 90센티미터로 넓어지기도 했고 어쩐지 멀리 돌아가는 것 같은 기분이 들기도 했습니다. 마침내 꼭대기가 불타버린 커다란 밤나무 앞까지 왔을 무렵, 길이 흐릿해지며 여러 갈래로 갈라졌습니다. 그곳은 아마도 야생마들이 모이는 곳인 듯, 안개 속의 둥근 광장처럼 보였습니다.

낙심한 가스케는 돌아서서 검은 길을 다시 걸어갔습니다. 이름 모를 풀 이삭들이 가만가만 흔들리다 바람이 조금 거칠어지면 어디서 무언가가 신호라도 보내는 듯 주변의 풀들이 '지금이야.' 하고 모두 몸을 숙였습니다.

하늘이 번쩍거리고 쿠르릉 울었습니다. 바로 눈앞의 안개 속에 집 모양의 커다랗고 검은 형체가 나타났습니다. 가스케가 자기 눈을 의심하며 한동안 우뚝 서 있다가 아무리 생각해도 집인 것 같아 조심조심 더 가까이 가보니 그것은, 커다랗고 차가운 바위였습니다. 하늘이 빙글빙글 하얗게 흔들리고 풀잎이 단번에 물방울을 떨쳐 냈습니다.

"자칫 들판 저편으로 내려갔다가는 마타사부로도 나도

목숨을 잃고 말 거야."

가스케는 생각하듯 중얼거리듯 말하고는 소리쳤습니다.

"이치로, 이치로, 어디 있어. 이치로!"

다시 주위가 밝아지고 풀이 일제히 기쁨의 숨을 내쉬었습니다.

"이사도 마을에 사는 전기 기사의 아들이 산사나이에게 꼼짝없이 집힌 것 같아."

누군가가 외친 그 말이 가스케의 귓가에 뚜렷이 들려왔습니다. 갑자기 검은 길이 사라져버렸습니다. 주위가 아주 잠시 쥐 죽은 듯 조용해지더니 몹시 강한 바람이 불어왔습니다. 하늘이 깃발처럼 펄럭펄럭 나부끼고 빛나면서 불꽃이 탁탁 타올랐습니다. 가스케는 결국 풀 위에 쓰러져 잠들어버렸습니다.

***

이 모든 것이 어딘가 먼 곳에서 일어나는 일 같았습니다.

언제부턴가 바로 눈앞에 마타사부로가 다리를 쭉 뻗고

앉아 묵묵히 하늘을 올려다보고 있었습니다. 평소에 입는 잿빛 윗옷 위에 유리 망토를 걸치고 반짝이는 유리 구두를 신고 있었습니다.

마타사부로의 어깨에 밤나무 그림자가 파랗게 드리워져 있었습니다. 마타사부로의 그림자는 풀 위에 푸르게 드리워져 있었습니다. 그리고 바람이 계속 불고 있습니다. 마타사부로는 웃지도 않고 아무 말도 하지 않습니다. 그저 조그만 입술을 꼭 다문 채 하늘을 보고 있습니다. 갑자기 마타사부로가 하늘로 훌쩍 날아올랐습니다. 유리 망토가 번쩍번쩍 빛났습니다.

***

가스케가 퍼뜩 눈을 떴습니다. 잿빛 안개가 바쁘게 흘러가고 있었습니다. 가스케의 눈앞에 말이 우뚝 버티고 서 있었습니다. 말은 가스케한테 겁을 먹었는지 눈길을 돌렸습니다.

가스케는 벌떡 일어나 말의 재갈 고리를 꽉 쥐었습니

168

다. 말 뒤에서 사부로가 핏기가 가신 하얀 입술을 꼭 다물고 다가왔습니다. 가스케는 부들부들 떨었습니다.

"어이!"

안개 속에서 이치로의 형 목소리가 들렸습니다. 우르르 쾅쾅 천둥도 치고 있었습니다.

"가스케, 어디 있는 거야? 어디 있어!"

이치로의 목소리도 들렸습니다. 가스케는 기뻐서 펄쩍 뛰었습니다

"응, 여기야, 여기! 이치로, 여기야!"

이치로의 형과 이치로가 불쑥 눈앞에 나타났습니다. 가스케는 순간 안도감에 울음을 터뜨렸습니다.

"겨우 찾았네. 큰일 날 뻔했어. 흠뻑 젖었구나. 꼬마야."

가스케를 다독인 이치로의 형은 익숙한 손놀림으로 말의 목을 끌어안더니 가지고 온 재갈을 재빨리 말의 입에 물렸습니다.

"자, 가자."

"마타사부로, 많이 놀랐지?"

이치로가 사부로에게 말했습니다. 사부로는 여전히 입

을 굳게 다물고 고개를 끄덕였습니다.

모두 이치로의 형을 따라 완만한 언덕을 두 개쯤 넘었습니다. 그러고는 널따란 검은 길로 접어들어 한참을 걸었습니다.

번개가 두어 번 희뿌옇게 번뜩였습니다. 풀 타는 냄새가 나고 안개 속으로 스르르 연기가 흘러갔습니다. 이치로의 형이 소리쳤습니다.

"할아버지, 찾았어요! 모두 찾았어요."

할아버지는 안개 속에 서서 말했습니다.

"오냐, 정말 다행이구나. 얼마나 걱정했는지. 아이고, 가스케. 춥지? 얼른 들어가거라."

가스케도 이치로와 마찬가지로 그 할아버지의 손자인 듯했습니다.

반쯤 타버린 커다란 밤나무 뿌리께에 풀을 엮어 만든 조그만 움막이 있고 그 안에서 빨간 불꽃이 활활 타고 있었습니다.

이치로의 형이 졸참나무에 말을 매었습니다. 말이 히힝 울었습니다.

"가엾게도, 얼마나 울었을까? 이 아이는 광부네 아이구먼. 얘들아, 이 떡 좀 먹어봐라. 어서, 방금 구웠단다. 그래, 대체 어디까지 간 거냐?"

"사사나가네 입구 바로 직전까지요."

이치로의 형이 대답했습니다.

"정말 큰일 날 뻔했구나. 큰일 날 뻔했어. 그리로 내려가면 사람도 말도 끝장이야. 자, 가스케. 떡 좀 먹어보렴. 얘야, 너도. 자, 어서 너도."

"할아버지, 말을 데려다 놓고 올까요?"

이치로의 형이 물었습니다.

"오냐, 그래. 말을 돌보는 사람이 오면 귀찮아질 거야. 그래도 조금 기다리렴. 곧 날이 갤 테니까. 아, 정말 걱정했단다. 나도 도라코 산 아래까지 가보고 왔거든. 곧 비도 그칠 게다."

"오늘 아침은 정말 날씨가 좋았는데."

"응, 다시 좋아질 거야. 아, 비가 그쳤네."

이치로의 형이 밖으로 나갔습니다. 천장에서 부스스 소리가 났습니다. 할아버지가 웃으며 천장을 올려다보았습니다. 잠시 후 이치로의 형이 다시 들어왔습니다.

"할아버지, 날이 환해졌어요. 비도 그쳤고요."

"그래, 그래. 자, 너희들은 불을 쬐고 있어라. 나는 다시 풀을 베러 가야겠다."

안개가 완전히 걷혔습니다. 햇살이 와르르 쏟아져 들어왔습니다. 해는 조금 서쪽으로 기울어 있었고 미처 달아나지 못한 납 같은 안개 몇 조각이 햇빛에 반짝였습니다. 풀 잎에서는 물방울이 반짝이며 떨어지고 모든 잎과 줄기와 꽃이 올해의 마지막 햇살을 빨아들이고 있었습니다.

아득하게 먼 서쪽의 푸른 들판은 방금 울음소리를 그친 듯 쑥스럽게 웃었고 저편 밤나무는 푸른 후광을 내뿜었습니다. 다들 몹시 지쳐서 이치로를 따라 들판을 내려갔습니다. 사부로는 여전히 입을 꾹 다문 채 샘터 앞에서 다른 아이들과 헤어져 아버지가 있는 오두막으로 혼자 돌아왔습니다.

가는 길에 가스케가 말했습니다.

"저 애는 바람의 신이 틀림없어. 바람 신의 아들이야. 저 위에서 돌이서 사는 거야."

"그렇지 않아!"

이치로가 소리 높여 말했습니다.

4

　　다음 날은 아침나절에 비가 내렸지만 2교시부터 빗발이 점점 가늘어지다가 3교시가 끝나고 10분 동안 쉬는 시간에 완전히 그쳐, 깎아낸 듯 푸른 하늘이 펼쳐졌고 그 아래로 새하얀 비늘구름이 동쪽으로 달려가서 산속 억새와 밤나무 위로 남은 구름이 수증기처럼 피어올랐습니다.

　　"학교 끝나면 포도 따러 가지 않을래?"

　　고스케가 가스케에게 소곤소곤 말했습니다.

　　"그래, 그래. 마타사부로도 갈래?"

　　가스케가 사부로에게 물었습니다.

　　"야, 마타사부로한테는 거기가 어딘지 안 가르쳐줄 거야."

고스케가 말했지만, 그 말을 듣지 못한 사부로가 "같게. 나 홋카이도에서도 따봤어. 우리 엄마는 포도주를 나무통으로 두 통이나 땄어."라고 말했습니다.

"포도 따러 갈 때 나도 데려가면 안 돼?"

2학년 쇼키치가 말했습니다.

"안 돼. 너한테도 안 알려줄 거야. 내가 작년에 새로운 곳을 발견했거든."

아이들은 어서 학교 수업이 끝나기를 몹시 기다렸습니다. 5교시가 끝나자 이치로, 가스케, 사타로, 고스케, 에쓰지, 사부로까지 여섯 명이 학교 위쪽으로 올라갔습니다. 조금 가니 초가집 한 채가 있고 그 앞에 작은 담배밭이 있었습니다. 담배 줄기의 아래쪽 잎은 이미 땄기 때문에 그 푸른 줄기가 수풀처럼 가지런히 늘어서 있는 모습은 참으로 보기 좋았습니다.

그때 사부로가 "이거, 무슨 잎이야?" 하고 불쑥 물으며 담뱃잎을 하나 따서 이치로에게 보였습니다. 그러자 이치로는 깜짝 놀라 낯빛을 조금 흐리며 말했습니다.

"아, 마타사부로, 담뱃잎을 따면 전매청 사람들에게 된

통 야단맞는다. 마타사부로, 대체 왜 뜯었어?"

그러자 아이들도 저마다 한마디씩 했습니다.

"전매청에서는 담뱃잎 수를 일일이 세어서 공책에 적어둔단 말이야. 이제 난 몰라."

"나도 몰라."

"나도 몰라."

다들 한목소리로 사부로를 놀려댔습니다. 그러자 사부로는 얼굴이 새빨개져서 한동안 담뱃잎 끝을 잡고 도르르 돌리며 뭔가 할 말을 생각하다가 "난 그런 줄 모르고 땄어." 하고 화난 사람처럼 말했습니다.

아이들은 겁먹은 듯 혹시 누가 보고 있지 않은지 건너편 집을 살폈습니다. 담배밭에서 아른아른 피어오르는 아지랑이 너머로 보이는 그 집은 아무도 없는 듯 조용했습니다.

"저기는 1학년 아이네 집이잖아?"

가스케가 사부로의 걱정을 덜어주려는 듯이 말했습니다. 그러나 고스케는 애초에 자신이 발견한 포도밭에 사부로와 아이들이 가는 것이 싫었기 때문에 사부로에게 또다시 심술궂게 말했습니다.

"아무리 몰랐다고 해도 안 돼. 마타사부로, 원래대로 해놔."

사부로는 난처한 듯 다시 한동안 아무 말 없다가 조금 전에 뜯은 담뱃잎을 담배 뿌리 쪽에 살짝 내려놓았습니다.

"여기다 놓아두면 되지."

그러자 이치로가 "빨리 가자." 하고 앞장서서 걸어가고 다들 뒤따라갔습니다.

"아무튼 난 몰라. 어, 마타사부로가 뜯은 이파리, 아직 저기에 있잖아."

고스케만 혼자 남아 그렇게 말했지만, 아이들이 자꾸 멀어지자 결국 그들을 뒤따랐습니다.

아이들이 억새 사이로 난 작은 길을 따라 산 쪽으로 조금 올라가자 남쪽으로 밤나무가 여기저기 서 있는 움푹 팬 땅이 보이고, 그 아래쪽에 포도가 주렁주렁 달린 나무가 커다란 덤불을 이루고 있었습니다.

"여기는 내가 발견했으니까 모두 너무 많이 따면 안 돼."

고스케가 말했습니다. 그러자 사부로가 "난 밤을 딸래." 하며 돌멩이를 주워 밤나무 가지에 던졌습니다. 푸른 밤송이 하나가 떨어졌습니다.

사부로는 막대로 밤송이를 벗겨서 아직 익지 않은 하얀 밤 두 톨을 꺼냈습니다. 다른 아이들은 열심히 포도를 땄습니다.

고스케가 다른 포도 덤불로 가려고 밤나무 아래를 지나갈 때였습니다. 갑자기 물방울이 한꺼번에 후두두 떨어져 고스케의 어깨와 등이 흠뻑 젖어버렸습니다. 고스케가 깜짝 놀라 입을 딱 벌리고 나무 위를 쳐다보니, 사부로가 슬며시 웃으며 소맷부리로 자기 얼굴을 닦고 있었습니다.

"야, 마타사부로! 뭐 하는 거야?"

고스케가 원망스러운 듯 나무를 올려다보며 물었습니다.

"바람이 불었어."

사부로가 나무 위에서 쿡쿡 웃으며 대답했습니다. 고스케는 밤나무 밑을 지나 또 다른 덤불에서 포도를 따기 시작했습니다. 어느새 고스케는 혼자서 다 들 수도 없을 만큼 많은 포도를 여기저기에 쌓아두었고, 그의 입은 보라색으로 물들어 아주 커다랗게 보였습니다.

"자, 이제 그만 따고 돌아가자."

이치로가 말했습니다.

"나는 좀 더 딸 거야."

고스케가 말했습니다. 그때 고스케의 머리 위로 또다시 차가운 물방울이 후드득 떨어졌습니다. 고스케는 이번에도 깜짝 놀라 나무 위를 올려다보았지만 나무 위에 사부로는 없었습니다. 하지만 나무 뒤편으로 사부로의 잿빛 팔꿈치도 보이고 쿡쿡 웃는 소리도 났기 때문에 고스케는 몹시 화가 나고 말았습니다.

"야, 마타사부로, 너 또 나한테 물을 뿌렸지?"

"바람이 불었어."

모두 와하하 웃었습니다.

"야, 마타사부로, 네가 거기서 또 나무를 흔들었잖아!"

모두 다시 와하하 웃었습니다.

그러자 고스케는 원망스러운 듯 아무 말 없이 한동안 사부로의 얼굴을 노려보다가 소리쳤습니다.

"야, 마타사부로! 너 같은 애는 이 세상에 없어도 돼."

그러자 사부로가 짓궂게 웃었습니다.

"고스케, 미안해."

고스케는 뭔가 다른 말로 쏘아주고 싶었지만 너무 화가 난 나머지 생각이 나지 않아 같은 말을 또 외쳤습니다.

"어, 음……. 마타사부로, 너 같은 바람 따위는 이 세상에 없어도 돼."

"미안해, 하지만 너도 나한테 심술을 부렸잖아."

사부로는 눈을 깜박거리며 조금 미안하다는 듯이 말했습니다. 그러나 고스케는 좀처럼 화가 풀리지 않았습니다. 그리고 세 번째로 같은 말을 되풀이했습니다.

"야, 마타사부로! 너 같은 바람은 이 세상에 없어도 돼."

그러자 사부로는 재미있다는 듯이 쿡쿡 웃으며 물었습니다.

"왜 세상에 바람이 없어도 된다는 거야? 왜 그런지 이유를 대봐."

사부로는 선생님 같은 얼굴을 하고 손가락 하나를 세웠습니다. 고스케는 꼭 시험을 치르는 것 같기도 하고 괜히 성가신 일을 만들었나 싶기도 해서 분통이 터졌지만 하는 수 없이 한동안 생각하다가 말했습니다.

"너는 장난만 치잖아. 우산도 망가뜨리고."

"그리고?"

사부로는 재미있다는 듯이 한 발짝 다가서며 물었습니다.

"그리고 나무를 부러뜨리거나 쓰러뜨리잖아."

"그리고? 또?"

"집도 부수고."

"그리고? 또?"

"등불도 끄고."

"그리고? 또 뭐?"

"모자도 날려버려."

"그리고? 또? 또 뭐?"

"삿갓도 날려버려."

"그리고? 그리고?"

"음, 전봇대도 쓰러뜨려."

"그리고? 그리고? 그리고?"

"지붕도 날려버려."

"아하하하. 지붕은 집의 일부잖아. 그래, 그럼 또 있어? 그리고? 그리고?"

"음, 음, 그러니까 램프도 깨뜨려."

"아하하, 램프나 등불이나 마찬가지잖아. 그것뿐이야? 그리고? 그리고?"

고스케는 말문이 막히고 말았습니다. 거의 다 말했기 때문에 아무리 생각해도 더는 생각나지 않았습니다. 사부로는 점점 더 재미있다는 듯이 손가락 하나를 세우면서 "그리고? 그리고? 그다음엔?" 하고 말했습니다.

고스케는 얼굴이 벌게져서 한참 동안 생각한 끝에 가까스로 대답했습니다.

"풍차도 망가뜨려."

그러자 사부로는 이제 팔짝팔짝 뛰며 웃었습니다. 모두가 웃었습니다. 웃고 또 웃었습니다. 사부로는 겨우 웃음을 그치고 말했습니다.

"거봐, 결국 풍차까지 말하는구나. 풍차는 바람을 싫어하지 않아. 물론 때로는 바람이 풍차를 부숴버리기도 하지만 풍차 날개를 돌려줄 때가 훨씬 많으니까. 풍차는 조금도 바람을 싫어하지 않는다고. 아무튼 좀 전에 네가 댄 이유는 전부 웃겼어. '음, 음.' 소리만 하다가 끝내 풍차까지 대다니. 아, 우스워."

사부로는 또 눈물이 나도록 웃었습니다. 고스케는 너무 당황해서 화난 것도 잊고 말았습니다. 그래서 그만 사부로와 함께 웃어버리고 말았습니다. 그러자 사부로도 기분이 한결 나아져서 말했습니다.

"고스케, 장난쳐서 미안해."

"자, 이제 가자."

이치로가 이렇게 말하며 사부로에게 포도 다섯 송이를 주었습니다. 사부로는 모두에게 하얀 밤을 두 톨씩 나눠 주었습니다. 다들 아래쪽 길까지 함께 내려갔다가 저마다 자기 집으로 돌아갔습니다.

5

다음 날 아침은 안개가 축축이 내려앉아 학교 뒷산도 희미하게 보였습니다. 하지만 이번에도 2교시쯤부터 차츰 차츰 개어 하늘이 새파래지며 해가 쨍쨍 내리쬐더니, 오후가 되어 3학년과 그 아래 학년들이 모두 돌아가자 마치 여름처럼 더워졌습니다.

점심시간이 지나면서부터 선생님까지도 이따금 교단 위에서 땀을 닦았고, 글씨 쓰기 수업을 하던 4학년도, 미술 수업을 하던 5, 6학년도 너무 더워서 꾸벅꾸벅 졸았습니다.

수업이 끝나자 아이들은 곧바로 강 아래쪽으로 몰려갔

습니다.

"마타사부로, 수영하러 가지 않을래? 지금쯤 저학년도 거기에 있을 거야."

가스케가 말해서 사부로도 따라갔습니다. 그곳은 얼마 전 위쪽 들판에 갈 때 건넜던 곳보다도 조금 아래쪽이었습니다. 오른쪽에서 계곡의 시냇물이 흘러들어와 넓은 강을 이루고 있었고, 바로 아래쪽은 커다란 쥐엄나무가 서 있는 낭떠러지였습니다.

"여기야."

먼저 와 있던 아이들이 벌거벗은 채 두 손을 들고 소리쳤습니다. 이치로와 아이들은 달리기 경주를 하듯 강가의 자귀나무 사이를 달려가 훌렁훌렁 옷을 벗고 첨벙첨벙 물에 뛰어 들어가더니 양발로 물장구를 치며 비스듬히 늘어서서 맞은편 기슭으로 헤엄쳐갔습니다. 먼저 와 있던 아이들도 뒤따라 헤엄쳤습니다.

옷을 벗고 아이들 뒤에서 헤엄치던 사부로가 갑자기 소리 내어 웃었습니다. 맞은편 기슭에 닿은 이치로가 바다표범 같은 머리카락에 보랏빛 입술을 하고 와들와들 떨며 물었습니다.

"야, 마타사부로, 왜 웃어?"

"강물이 되게 차갑다."

몸을 떨면서 기슭으로 올라오며 사부로가 말했습니다.

"마타사부로, 왜 웃었냐니까?"

이치로가 다시 물었습니다.

"너희들 헤엄치는 게 너무 우습잖아. 왜 그렇게 다리를 철벅거리는 거야?"라고 말하며 사부로가 또다시 웃었습니다.

"쳇, 뭐야." 하고 이치로는 넘겼지만, 조금 창피한 기색으로 "돌 주울까?" 하며 하얗고 둥근 돌을 주웠습니다.

"하자, 하자."

아이들이 모두 외쳤습니다.

"그럼 내가 저 나무 위에서 떨어뜨린다."

이치로는 이렇게 말하고 벼랑 중턱쯤에 삐죽 튀어나와 있는 쥐엄나무 위로 날쌔게 기어올랐습니다.

"자, 떨어뜨린다. 하나, 둘, 셋."

이치로가 새하얀 돌을 깊은 강 웅덩이에 첨벙첨벙 던

겼습니다. 그러자 기슭에 있던 아이들이 앞다투어 물에 뛰어들어 바닥에 가라앉은 돌을 주우려고 파란 해달처럼 자맥질했습니다. 하지만 다들 바닥에 닿기도 전에 숨이 차서 물 위로 나왔고 서로 번갈아 푸 소리를 내며 하늘로 물보라를 내뿜었습니다.

그 모습을 가만히 보고 있던 사부로는 아이들이 물 위로 모두 나오자 물속에 첨벙 뛰어들었습니다. 하지만 역시 바닥에 닿지 못하고 떠올랐기 때문에 모두 와하고 웃었습니다.

그때 맞은편 기슭 자귀나무가 있는 곳에 웃통을 벗거나 그물을 든 어른 네 명이 나타났습니다. 이치로가 나무 위에서 목소리를 낮추고 모두에게 알렸습니다.

"얘들아, 발파한다. 폭약을 터뜨려 물고기를 잡으려나 봐. 모르는 척해. 돌 줍기는 그만하고 모두 강 하류로 내려가."

이치로의 말대로 아이들은 숫돌을 줍거나 할미새를 쫓거나 하며 발파 따위는 전혀 모른 척했습니다.

맞은편 강기슭에서는 하류에서 광부로 일하는 쇼스케

가 잠시 여기저기를 둘러보더니 갑자기 책상다리하고 자
갈 위에 앉았습니다. 천천히 허리에서 담뱃갑을 꺼내 담
뱃대를 물더니 뻐끔뻐끔 연기를 내뿜었습니다. 이상하다
고 생각한 순간 다시 앞치마처럼 생긴 작업복에서 뭔가를
꺼냈습니다.

"발파한다. 발파한다."

아이들이 소리쳤습니다. 이치로는 손을 내저어 아이들
을 말렸습니다. 쇼스케는 방금 작업복에서 꺼낸 것에 조
심스럽게 담뱃불을 옮겨 붙였습니다. 뒤에 있던 한 사람
이 즉시 물에 들어가 그물을 거머쥐었습니다. 쇼스케는
천천히 일어나 한 발을 물에 넣고는 손에 들고 있던 것을
쥐엄나무 아래쪽으로 던졌습니다. 그러자 얼마 지나지 않
아 펑 하는 요란한 소리가 나면서 물이 콰르릉 넘치고 한
동안 주변이 징 울렸습니다. 건너편 어른들이 일제히 물
속으로 들어갔습니다.

"이제 곧 물고기들이 떠내려올 거야. 다들 건져."

이치로의 말에 고스케는 몸을 뒤집고 둥둥 떠내려오는
새끼손가락만 한 갈색 둑중개(몸길이 15cm의 민물고기로 유

속이 빠른 하천 상류의 돌이 많은 곳에 산다)를 잡았습니다. 뒤에서 가스케가 마치 참외 먹는 소리를 냈습니다. 가스케는 18센티미터가량 되는 붕어를 잡고 얼굴이 새빨개지도록 기뻐하고 있었습니다. 모두가 물고기를 잡고 와하고 기뻐했습니다.

"조용, 조용."

이치로가 말했습니다. 그때 웃통을 벗거나 셔츠를 입은 어른 대여섯 명이 맞은편의 하얀 강기슭으로 달려왔습니다. 그 뒤로 망사 셔츠를 입은 사람이 안장 없는 말을 타고 마치 영화에서처럼 쏜살같이 달려왔습니다. 모두 발파 소리를 듣고 보러 온 것입니다.

쇼스케는 잠시 팔짱을 끼고 아이들이 물고기 잡는 것을 보고 있다가 "전혀 없군." 하고 말했습니다. 그때 어느 틈에 쇼스케에게 달려간 사부로가 중간 크기의 붕어 두 마리를 자갈밭에 던지듯 놓으며 말했습니다.

"물고기, 돌려줄게요."

그러자 쇼스케가 "뭐야, 이 꼬마는. 이상한 녀석이군." 하고 말했습니다.

사부로는 말없이 이쪽으로 되돌아왔습니다. 쇼스케는 이상한 얼굴로 사부로를 보고 있었습니다. 모두가 와하고 웃었습니다.

쇼스케는 말없이 다시 상류 쪽으로 걸어갔습니다. 다른 어른들도 쇼스케를 따라가고 망사 셔츠를 입은 사람은 다시 말을 타고 달려갔습니다. 고스케가 헤엄쳐가서 사부로가 놓고 온 물고기 두 마리를 다시 가지고 왔습니다. 그러자 또 모두 웃었습니다.

"기절한 물고기들이 도망가지 못하게 막아."

가스케가 강가의 모래 위에서 깡충깡충 뛰며 큰소리로 외쳤습니다.

아이들은 물고기들이 살아나도 도망가지 못하도록 주위를 돌로 빙 에워싸 조그만 활어조를 만들고 쥐엄나무 위로 올라갔습니다. 날이 너무 더워서 자귀나무도 여름처럼 축 늘어진 듯 보였고 하늘도 바닥을 알 수 없는 깊은 물웅덩이처럼 보였습니다.

그때 누군가가 소리쳤습니다.

"아, 활어조가 부서진다."

양복에 짚신을 신은 코가 뾰족한 남자가 아이들이 만든 활어조의 물을 휘휘 젓고 있었습니다.

"아, 저건 전매청 사람이야, 전매청 사람."

사타로가 말했습니다.

"마타사부로, 네가 담뱃잎을 딴 걸 알아낸 거야."

가스케가 거들었습니다.

"상관없어, 무섭지 않아."

사부로는 입술을 꽉 깨물었습니다.

"다들 마타사부로를 에워싸!"

이치로가 말했습니다. 그러자 아이들이 쥐엄나무 한가운데 가지에 사부로를 앉히고 그 주변 가지에 따닥따닥 붙어 앉았습니다.

"온다, 온다, 온다."

아이들은 모두 모두 숨을 죽였습니다. 그러나 그 남자는 딱히 사부로를 잡으려 하지 않았습니다. 그대로 아이들 옆을 지나쳐 깊은 물웅덩이 바로 위쪽에 있는 여울을 건너려고 했습니다. 하지만 곧바로 강을 건너지 않고 짚신과 각반에 묻은 때를 강물에 씻으려는 듯 자꾸 물을 철벅거리며 왔

다 갔다 했습니다. 그러자 아이들은 겁이 사라지고 기분이
나빠졌습니다. 이윽고 이치로가 말했습니다.

"야, 내가 먼저 소리칠 테니까 하나둘셋 하면 니희들도
곧바로 따라서 외쳐. '강물을 흐리면 안 돼. 선생님이 늘
말씀하시잖아.'라고 말이야. 알았지? 하나, 둘, 셋."

"강물을 흐리면 안 돼. 선생님이 늘 말씀하시잖아."

그 사람은 깜짝 놀라 퍼뜩 돌아보았지만 무슨 말인지
잘 알아듣지 못한 것 같았습니다. 그래서 아이들은 또 한
번 소리쳤습니다.

"강물을 흐리면 안 돼. 선생님이 늘 말씀하시잖아."

코가 뾰족한 사람은 담배를 뻐끔거릴 때와 같은 입 모
양을 하고 물었습니다.

"이 물을 먹나? 여기에서는."

"강물을 흐리면 안 돼. 선생님이 늘 말씀하시잖아."

코가 뾰족한 사람은 조금 난처해하는 것 같더니 물었
습니다.

"강물 속을 걸어 다니면 안 되니?"

"강물을 흐리면 안 돼. 선생님이 늘 말씀하시잖아."

그 사람은 당황한 티를 내지 않으려는 듯이 일부러 천천히 강을 건너더니 알프스 탐험대 같은 자세로 푸른 진흙과 붉은 자갈로 이루어진 벼랑을 비스듬히 가로질러 벼랑 위쪽에 있는 담배밭으로 올라가버렸습니다.

그러자 사부로가 "뭐야, 날 잡으러 온 게 아니잖아."라며 맨 먼저 물에 첨벙 뛰어들었습니다.

아이들은 어쩐지 그 사람한테도 사부로한테도 괜히 미안하고 헛헛한 기분이 들었습니다. 한 사람씩 나무에서 뛰어내려 기슭으로 헤엄쳐가서 물고기를 수건으로 싸거나 손에 들고 집으로 돌아왔습니다.

6

다음 날 아침 수업 시작 전에 아이들이 운동장 철봉에 매달리거나 막대 찾기 놀이를 하고 있는데, 사타로가 뭔가 담긴 소쿠리를 안고 뒤늦게 학교에 왔습니다.

"뭐야? 뭐야?"

아이들이 당장에 달려가서 소쿠리를 들여다보았습니다. 그러자 사타로가 소매로 소쿠리를 가리고 바위 구멍이 있는 학교 뒤쪽으로 얼른 뛰어갔습니다. 이치로가 소쿠리를 들여다보더니 퍼뜩 낯빛을 바꾸었습니다. 그것은 물고기를 잡을 때 쓰는 산초 열매가루였는데, 고기잡이에 이 가루를 쓰는 것은 폭약을 쓰는 것과 마찬가지로 처벌을 받았습니다.

그런데도 사타로는 바위 구멍 옆의 억새 사이에 소쿠리를 감추고 시침을 뗀 얼굴로 운동장으로 돌아왔습니다. 다들 수업이 시작될 때까지 수군수군 그 이야기뿐이었습니다.

이날도 어제처럼 10시쯤부터 더워졌습니다. 아이들은 오로지 수업이 끝나기만을 기다렸습니다. 오후 2시가 되어 5교시가 끝나자 아이들은 쏜살같이 달려 나갔습니다. 사타로는 다시 옷소매로 소쿠리를 가리고 고스케와 다른 아이들에게 둘러싸여 강가로 갔습니다. 사부로는 가스케와 같이 갔습니다. 모두 마을 축제 때 맡은 가스 냄새로 숨이 막히는 자귀나무 근처를 얼른 지나쳐 늘 가는 쥐엄나무 강가에 도착했습니다. 한여름에나 볼 수 있는 멋진 구름 봉우리가 동쪽에서 뭉게뭉게 피어올라 쥐엄나무가 파랗게 빛나는 듯 보였습니다.

아이들이 재빨리 옷을 벗고 강가에 서자 사타로가 이치로의 얼굴을 보며 말했습니다.

"한 줄로 나란히 서. 잘 들어. 물고기가 떠오르면 헤엄

처가서 잡아. 잡은 만큼 줄게. 알았지?"

저학년 아이들은 기뻐서 새빨개진 얼굴로 밀고 잡아당기며 줄지어 웅덩이를 둘러쌌습니다. 페키치와 서너 명은 이미 헤엄쳐 쥐엄나무 아래까지 가서 기다리고 있었습니다.

사타로는 으스대며 상류로 가서 소쿠리를 물에 찰박찰박 씻었습니다. 모두 가만히 물을 바라보며 서 있었습니다. 사부로는 물을 보지 않고 맞은편 구름 봉우리를 지나가는 검은 새를 보고 있었습니다. 이치로도 강가에 앉아 돌을 딱딱 두드리고 있었습니다. 그러나 한참 동안 기다렸지만 물고기는 떠오르지 않았습니다.

사타로는 똑바로 서서 매우 진지한 얼굴로 물을 바라보고 있었습니다. 모두 '어제처럼 발파했다면 벌써 열 마리는 잡았을 텐데…….'라고 생각했습니다. 다시 꽤 오랫동안 조용히 기다렸습니다. 하지만 물고기는 한 마리도 떠오르지 않았습니다.

"물고기가 전혀 떠오르지 않는데."

고스케가 소리쳤습니다. 사타로는 흠칫 놀랐지만 다시

집중해서 물을 들여다보았습니다.

"물고기가 한 마리도 떠오르지 않는데."

페키치가 맞은편 나무 아래에서 말했습니다. 그러자 모두 웅성웅성 떠들기 시작하더니 다들 물속에 뛰어들어버렸습니다.

사타로는 한동안 겸연쩍은 듯 쭈그리고 앉아 물만 들여다보고 있다가 일어서더니 "술래잡기하지 않을래?" 하고 말했습니다.

"하자, 하자."

아이들이 소리치며 가위바위보를 하려고 물속에서 손을 내밀었습니다. 헤엄치던 아이는 바닥에 닿는 곳까지 가서 손을 내밀었습니다.

이치로도 강가로 와서 손을 내밀었습니다. 이치로는 어제 코가 뾰족한 사람이 올라갔던 벼랑 아래의 미끈미끈한 푸른 점토가 있는 곳을 본부로 정했습니다. 푸른 점토가 있는 곳에 있으면 술래가 잡을 수 없다는 규칙도 덧붙였습니다. 그리고 바위나 보만 내기로 하는 가위바위보를 했습니다.

그러나 에쓰지는 혼자서 가위를 냈기 때문에 모두에게 놀림을 당하고 술래가 되었습니다. 에쓰지가 보랏빛 입술로 강가를 달려 기사쿠를 잡자 술래는 두 사람이 되었습니다. 아이들은 모래 위와 물속 여기저기를 뛰어다니며 잡고 잡히면서 몇 번이나 술래잡기했습니다.

결국에는 사부로 혼자 술래가 되었습니다. 사부로는 곧바로 기치로를 잡았습니다. 모두가 쥐엄나무 아래에서 그 모습을 보았습니다. 그때 사부로가 "기치로, 너는 상류에서 애들을 몰아와, 알았지?"라고 말하며 자신은 아무 말 없이 서서 보고 있었습니다. 기치로는 입을 벌리고 손을 벌려 상류에서 점토 쪽으로 몰아왔습니다.

모두 웅덩이에 뛰어들 준비를 했습니다. 이치로는 버드나무 위로 올라갔습니다. 그때 상류에서 묻힌 발바닥의 점토 때문에 기치로가 아이들 앞에서 미끄러져 굴렀습니다. 모두 와 소리치며 기치로를 뛰어넘거나 물에 뛰어들거나 푸른 점토 본부로 올라갔습니다.

"마타사부로, 잡아봐라."

가스케가 일어서서 입을 크게 벌리고 팔을 벌리며 사

부로를 놀렸습니다. 그러자 사부로는 아까부터 단단히 화가 난 듯 "좋아, 두고 봐."라면서 물에 풍덩 뛰어들어 가스케 쪽으로 헤엄쳐갔습니다.

사부로의 머리카락은 붉고 헝클어진 데다 오랫동안 물속에 있어서 입술까지 보랏빛이었기 때문에 아이들은 꽤 겁을 먹었습니다. 무엇보다도 푸른 점토 본부는 매우 좁아서 모두가 들어갈 수 없었고, 아주 미끄럽고 경사진 곳이어서 아래쪽 네다섯 명은 위쪽 아이들을 붙잡고 간신히 버티고 있었습니다.

이치로만 맨 위쪽에서 침착하게 "자, 얘들아." 하고 어떻게 해야 할지 의견을 구했습니다. 모두 머리를 맞대고 이치로의 이야기를 듣고 있었습니다. 사부로가 어느새 철벅거리며 가까이 왔습니다.

모두 소곤소곤 이야기하고 있었습니다. 그때 사부로가 갑자기 아이들에게 물을 뿌리기 시작했습니다. 아이들이 허둥지둥 물을 막았더니 서서히 점토가 흘러 조금 아래쪽으로 미끄러져 내린 듯했습니다. 사부로는 신이 나서 더 세차게 물을 끼얹었습니다. 그러자 모두 한꺼번에 미끄러져 물에 빠졌습니다.

사부로는 떨어지는 아이들을 닥치는 대로 잡았습니다. 이치로도 잡았습니다. 가스케가 혼자 위쪽으로 돌아가 헤엄쳐 달아나자, 사부로는 곧장 뒤쫓아 가서 팔을 잡고 네다섯 번 빙글빙글 돌렸습니다. 가스케는 물을 뱉어내며 사레 걸린 듯 콜록거렸습니다.

"나 그만할래. 이런 술래잡기는 이제 안 해."

어린아이들은 모두 자갈밭에 올라갔습니다. 사부로 혼자 쥐엄나무 아래 섰습니다.

그런데 그때 하늘 가득 먹구름이 덮이고 버드나무는 이상하게 흰빛을 띠고 산의 풀들은 점점 작아지더니 주위 풍경이 뭐라고 표현할 수 없이 무섭게 바뀌었습니다.

갑자기 위쪽 들판에서 우르릉 천둥소리가 났습니다. 그 순간 산울림이 나면서 단번에 소나기가 내렸습니다. 바람마저 획획 불었습니다. 웅덩이 물에는 세찬 물결이 일어 물인지 돌인지 알 수 없었습니다. 아이들은 강가에 벗어 놓은 옷을 챙겨 들고 자귀나무 아래로 피했습니다. 사부로도 무서운 듯 쥐엄나무 아래에서 물에 풍덩 뛰어들더니

아이들이 모여 있는 곳으로 헤엄쳐왔습니다. 그때 누군가
가 소리쳤습니다.

"비는 쏴쏴 비사부로, 바람은 횡횡 마타사부로."

아이들도 입을 모아 소리쳤습니다.

"비는 쏴쏴 비사부로, 바람은 횡횡 마타사부로."

사부로는 뭔가가 발을 잡아당기기라도 하는 것처럼 몹
시 당황하더니 웅덩이에서 펄쩍 뛰어올라 쏜살같이 모두
가 있는 곳으로 달려왔습니다.

"지금 소리친 게 너희야?"

와들와들 떨며 사부로가 물었습니다.

"아니, 아니야."

아이들이 함께 외쳤습니다. 페키치가 혼자 나서서 또
한 번 "아니야." 하고 외쳤습니다.

사부로는 기분 나쁘다는 듯 강을 바라보다가 여느 때
처럼 핏기없는 입술을 꼭 깨물고 "뭐지?" 하고 혼잣말을
하며 여전히 와들와들 떨었습니다.

아이들은 비가 개기를 기다렸다가 각자 집으로 돌아갔
습니다.

7

윙 위잉 위이잉 윙 위잉

푸른 호두도 날려버려라

시큼한 모과도 날려버려라

윙 위잉 위이잉 윙 위잉

이치로는 얼마 전에 사부로에게 들은 노래를 꿈속에서 다시 들었습니다. 깜짝 놀라서 벌떡 일어나니 밖은 그야 말로 세찬 바람이 불어 숲이 울부짖는 듯하고, 어렴풋한 푸른 새벽빛이 장지문과 선반 위의 등롱과 온 집 안에 가 득했습니다.

얼른 허리띠를 매고 나막신을 신고 마당으로 내려간 이치로가 마구간을 지나서 쪽문을 열자 차가운 빗방울과 함께 바람이 와다닥 밀어닥쳤습니다. 마구간 뒤쪽에서 문 하나가 쿵 하고 쓰러졌고, 말이 히힝 콧소리를 냈습니다.

이치로는 바람이 가슴 깊은 곳까지 스며든 것 같아 세차게 숨을 후 내뱉었습니다. 그러고는 밖으로 뛰어나갔습니다. 밖은 벌써 꽤 환해졌고 땅은 젖어 있었습니다. 집 앞에 줄지어 늘어선 밤나무들이 묘하게 파르스름해 보이고 비와 바람에 씻기고 있는 듯 서로서로 입을 마구 부비고 있었습니다.

푸른 잎이 무수히 뜯겨나가고 푸른 밤송이도 검은 땅에 잔뜩 떨어져 있었습니다. 하늘에는 구름이 위협적인 잿빛으로 빛나며 부쩍부쩍 북쪽으로 달려가고 있었습니다. 멀리 숲에서는 우웅우웅 하고 바다가 날뛰는 소리가 나고 쏴아 하는 소리도 들려왔습니다.

이치로는 얼굴 가득 차가운 빗방울을 맞고 바람에 옷을 빼앗기지 않으려고 애쓰며 그 소리에 귀를 기울이면서 지그시 하늘을 올려다보았습니다. 그러자 가슴에서 찰싹 찰싹 파도가 치는 듯했습니다. 또다시 소리치듯 울부짖으며 달려가는 바람을 바라보고 있으려니까 이번에는 가슴이 쿵쾅쿵쾅 울렸습니다.

어제까지 언덕이나 들판의 하늘 아래서 조용히 있던 맑디맑은 바람이 오늘 새벽녘에 느닷없이 일제히 일어나 타스카로라 해구 북쪽 끝으로 간다고 생각하자, 이치로는 얼굴이 달아오르고 숨이 가쁘고 자신도 하늘로 날아오를 것 같아 가슴 가득 숨을 들이마셨다가 훅 뱉었습니다.

"아, 심한 바람이야. 오늘은 담배밭도 조밭도 완전히 엉망이 되겠군."

이치로의 할아버지가 쪽문 쪽에 서서 가만히 하늘을 올려다보며 말했습니다. 이치로는 서둘러 양동이 한가득 우물물을 퍼 와서 부엌을 박박 닦았습니다. 그리고 철 세숫대야를 꺼내 얼굴을 씻고 찬장에서 식은 밥과 된장을 꺼내 정신없이 먹었습니다.

"이치로, 거의 다 끓었으니까 조금만 기다리렴. 오늘은 왜 그렇게 학교에 빨리 가려는 거니?"

어머니가 말에게 줄 죽을 끓이는 아궁이에 장작을 넣

으며 물었습니다.

"응, 마타사부로가 날아가버렸을지도 모르니까."

"마타사부로라니? 새를 말하는 거니?"

"아니, 마타사부로라는 애가 있어."

이치로는 아침을 먹고 그릇을 깨끗이 씻었습니다. 그리고 부엌 벽에 걸린 비옷을 입고 나막신은 손에 든 채 맨발로 가스케네 집으로 갔습니다. 가스케는 이제 막 일어나 "지금 밥 먹고 나갈게."라고 말했기 때문에 이치로는 한동안 마구간 앞에서 기다렸습니다.

얼마 후 가스케가 조그만 도롱이를 걸치고 나왔습니다. 두 아이는 세찬 바람을 흠뻑 맞으며 겨우 학교에 도착했습니다. 입구로 들어가니 교실은 아직 조용했지만 곳곳의 창틈으로 빗물이 들어와 교실 바닥이 온통 철벅거렸습니다.

잠시 교실을 둘러보던 이치로는 "가스케, 우리 물 퍼내자."라고 말하더니 빗자루를 들고 와 창문 아래 구멍으로 물을 쏟아 보냈습니다. 그러자 '벌써 누가 왔나?' 하고 의아해하는 기색으로 안쪽에서 선생님이 나왔습니다. 그런데 이상하게도 선생님은 평소의 홑옷 차림에 빨간 부채를

205

들고 있었습니다.

"정말 빨리 왔구나. 너희 둘이서 교실 청소를 하고 있었니?"

선생님이 물었습니다.

"선생님, 안녕히 주무셨어요?"

이치로가 말했습니다.

"선생님, 안녕히 주무셨어요?"

가스케도 인사하고는 곧바로 물었습니다.

"선생님, 오늘 마타사부로 오나요?"

선생님은 잠깐 생각하더니 대답했습니다.

"마타사부로라니, 다카다 사부로 말이야? 음, 다카다 사부로는 어제 아버지와 함께 다른 곳으로 갔단다. 일요일이어서 너희들과 인사도 나누지 못했구나."

"선생님, 날아서 갔나요?"

가스케가 물었습니다.

"아니, 다카다의 아버님이 회사에서 전보를 받았어. 다카다의 아버님은 나중에 이리로 돌아오신다고 하는데 다카다는 그쪽 학교에 다닐 거라고 하더구나. 그쪽에는 어머니도 계시니까."

"회사에서 왜 불렀나요?"

"이곳의 몰리브덴 광산을 당분간 개발하지 않기로 했기 때문이야."

"그게 아니에요. 역시 그 애는 바람의 마타사부로였던 거예요!"

가스케가 큰소리로 외쳤습니다. 숙직실 쪽에서 뭔가 웅웅 소리가 났습니다. 선생님이 빨간 부채를 들고 서둘러 그쪽으로 갔습니다.

두 아이는 서로의 마음속 생각을 캐내려는 듯한 얼굴로 한동안 말없이 마주 보고 서 있었습니다. 바람은 여전히 그치지 않고 창문은 빗방울에 흐려진 채 덜컹거리고 있었습니다.

작품 해설

일본에서 가장 사랑받는 동화작가이자 시인인 미야자와 겐지는 1896년 8월 7일 일본 이와테현에서 태어났다. 어릴 적부터 글쓰기에 재능을 보이며 왕성하게 창작활동을 했지만, 생전에 출판된 책은 동화집 『주문이 많은 요리점』과 시집 『봄과 아수라』뿐이다. 그나마도 시집은 자비 출판한 것으로 입말체라는 파격적인 형식과 난해한 내용 때문에 당시에는 문단이나 대중의 관심을 끌지 못한 채 묻혀버렸다. 동화집도 거의 팔리지 않았는데, 당시의 독자들은 판타지 형식이 낯설었을 뿐만 아니라 어린이들에게는 교훈이 담긴 도덕적인 이야기를 읽혀야 한다고 생각했기 때문이다.

미야자와 겐지의 정확한 작품 수는 밝혀지지 않았지만 『미야자와 겐지 전집』에 700여 편이 수록되어 있다. 그는 작가로서의 수입이 없어 농업 발전을 위한 활동과 연구를 하며 생활을 지속했는데, 1921년 1월 잡지 《애국부인》에 동화 「눈길 걷기」를 발표하여 원고료 5엔을 받은 것이 그가 생전에 유일하게 받은 원고료였다. 당시 쌀 10킬로그램의 값은 2엔 50전이었으므로 그가 받은 원고료는 큰 수입이 아니었다.

「은하철도의 밤」은 그가 남긴 작품 가운데 가장 걸작으로 꼽힌다. 은하를 환상적으로 묘사한 아름다운 작품인 동시에 드넓은 우주와 죽은 뒤의 세계를 그린 심오한 작품이다.

판타지 형식으로 집필된 이 작품은 독특하고 환상적인 세계 속에 인간의 진정한 행복과 삶과 죽음이라는 종교적이면서도 보편적인 주제를 그려냈다고 평가받는다. 가난하고 고독한 소년 조반니는 타인을 위해 자신을 희생한 단짝 친구 캄파넬라와 은하철도 여행을 하면서, 사람은 한 번 태어나면 죽을 수밖에 없고 이별은 슬프지만 이 세상에서의 이별이 영원한 이별이 아님을 깨닫고 삶의 용기를 얻는다.

불교 가정에서 태어나 불교 철학에 심취한 미야자와 겐지는 인간이 이 세상에서 생명이 다한다 해도 광대한 우주 어딘가에 죽지 않고 살아 있다는 종교적 확신을 품고 있었다. 「은하철도의 밤」은 그 확신을 이야기로 형상화한 것으로, 여기에는 사랑하는 동생 도시코를 잃은 상실감을 극복하고자 하는 마음이 담겨 있다.

「주문이 많은 요리점」은 단편집 『주문이 많은 요리점』에 수록된 아홉 작품 중 하나인데, 이 단편집은 미야자와 겐지가 살아 있을 때 출판된 유일한 작품집이기도 하다. 1924년 12월 1일 자비 출판이나 다름없는 형태로 1,000부를 출판했는데, 삽화가 들어간 책값은 1엔 60전으로 비교적 비싼 값이라 거의 팔리지 않았다.

작품에 등장하는 영국 병사 차림을 한 젊은 신사는 자신들의 개가 죽었는데도 마음 아파하기는커녕 손해 본 것만 계산한다. 서양 요리점인 살쾡이의 집에서 이들이 보여주는 속물근성과 어리석음이 어떤 위험을 불러오는지 잔혹한 유머로 묘사한 점이 특히 인상에 남는다. 결국 요리점에서 경험한 공포로 종잇조각처럼 구겨진 얼굴은 원래대로 돌아오지 않게 되는데 여기서 구겨진 얼굴은 바로 인간의 탐욕을 의미한다.

「바람의 마타사부로」는 미야자와 겐지가 세상을 떠난 다음 해인 1934년에 발표되었다. 집필 시기는 1931년에서 1933년 사이로 분명하지 않은데, 미야자와 겐지의 후기 대표작이다.

「바람의 마타사부로」는 태풍의 계절에 산골의 조그만 학교에 나타난 신비로운 전학생과 산골 아이들의 교류를 일기 형식으로 그리고 있다. 시골 아이들은 전학생이 바람을 타고 왔다고 생각하여 아이의 별명을 '마타사부로'라고 짓는다. 친구로 받아들이면서도 바람의 아들이라고 여기는 까닭은 뭔가를 할 때마다 바람이 불기 때문이었다. 그래서 아이들은 바람의 신 같은 두려움과 경의의 마음으로 사부로를 바라본다.

이것은 미야자와 겐지의 고향인 동북 지방 사람들이

수확기를 코앞에 둔 9월 초에 찾아오는 태풍에 대해 느끼는 공포감과 불안감을 표현한 것이라고 할 수 있다. 아이들의 심리 묘사도 뛰어나지만, 무엇보다 바람에 대한 묘사가 뛰어난 작품이다.

젊은 나이에 요절했고 다수의 미발표작을 남긴 미야자와 겐지는 맑고 고결한 심성과 법화경 사상을 바탕으로 세상 모든 존재의 행복을 추구했다. 그리고 자신이 자연에서 본 것들을 과학적인 언어와 시적인 언어를 결합해 아름답고 신비롭게 들려주었다. 그의 작품은 현재에도 대중에게 사랑받고 수많은 애니메이션으로 재창조되었다.

작가 연보

1896년 이와테현 히에누키군 하나마키시에서 전당포와 헌옷 가게를 운영하던 미야자와 세이지로와 이치의 장남으로 태어남.

1905년 3학년 담임 야기 에이조 선생님이 소개로 엑트로 말로의 「집 없는 소년」과 「바닷물은 왜 짠가?」 등의 동화와 민화를 접함.

1909년 모리오카 중학교에 입학하고 기숙사 생활을 시작함. 훗날 단가집 『가고(歌稿)』에서 기숙사 생활을 노래함.

1913년 기숙사 사감 배척 운동에 참여해 기숙사에서 쫓겨

난 후 세이요인(清養院) 절에서 하숙을 시작함.

1914년 모리오카 중학교를 졸업하고 『묘법연화경』에 심취.

1915년 모리오카 고등농림학교 농학과(현재 이와테 대학 농학부)에 수석으로 입학. 가타야마 마사오의 『화학본론』을 읽고 감명을 받아 평생의 애독서가 됨.

1916년 최초의 산문 단가 「가장제도(家長制度)」를 썼고 《교우회회보》에 「수학여행 기행문」을 발표함. 7월 말에 도쿄로 상경하여 독일어를 공부함.

1917년 동인지 《아자리아》를 창간하고 단편 「여행자의 이야기」를 발표함.

1918년 모리오카 고등농림학교 졸업을 앞두고 진로 문제로 아버지와 대립 하다가 졸업 후 대학원에 진학함. 《아자리아》에 「부활전」을 발표했고, 이후 「산봉우리와 골짜기」와 동화 「거미와 민달팽이와 너구리」, 「쌍둥이별」을 지음.

1920년 모리오카 고등농림학교 대학원 수료. 단편 「고양이」와 「라듐 기러기」를 집필하고, 여름에는 「여자」, 가을에는 「비늘구름」을 기고함. 11월에 불교

단체 국주회에 입회함.

1921년 단편 「전차」와 「이발소」, 시론으로 보이는 단편
「용과 시인」, 동화 「떡갈나무 숲의 밤」을 지음. 또
한 동화 「달밤의 전봇대」, 「사슴 춤의 기원」, 「도
토리와 살쾡이」, 「늑대 숲과 소쿠리 숲, 도둑 숲」,
「주문이 많은 요리점」을 집필함. 9월에는 잡지 《애
국부인》에 동화 「은하수」를, 12월에는 동화 「눈길
걷기」를 발표하고 원고료 5엔을 받음. 12월에 하
나마키 농업고등학교 교사로 부임함.

1922년 시집 『봄과 아수라』 제1집을 쓰기 시작함. 동화
「수선월의 4일」, 단편 「콜리플라워」, 「새벽녘」을
집필함.

1923년 동화 「돌배나무」, 「빙하쥐의 털가죽」, 「시그널과
시그널레스」를 《이와테 마이니치신문》에 발표함.

1924년 『봄과 아수라』 제2집을 쓰기 시작했고, 4월에 시집 『봄
과 아수라』 1,000부를 자비로 출판함. 같은 해 12월에
단편집 『주문이 많은 요리점』을 자비 출판함.

1926년 《보(貌)》 4월호에 시 〈구름(환청)〉, 〈고독과 풍동

(風童)〉을, 《월요》 창간호에 「오츠벨과 코끼리」를 발표했으며 《월요》 3호에 동화 「고양이 사무소」를 발표함. 하나마키 농업고등학교를 퇴임하고 '라스 치진 협회'를 설립함.

1927년 《도라》 10호에 「겨울과 은하스테이션」을, 《모리오 카 중학교 교우회》 41호에 시 〈은하철도의 1월〉을 발표함.

1929년 《문예 플라닉》 3호에 시 〈공명(公明)〉, 〈상처〉, 〈소 풍 허가〉, 〈주거〉, 〈숲〉을 발표함.

1931년 동북 쇄석 공장의 기술자로 취직하여 탄산석회의 제조, 개량과 판매를 담당함. 《아동문학》 창간호에 「호쿠슈 장군과 삼형제 의사」를 발표함. 같은 해 9 월에 탄산석회 제품을 판매하러 도쿄에 갔다가 폐 렴이 다시 발병하여 병상에 누움. 11월에 사후 발 표된 「비에도 지지 않고」를 수첩에 써둠.

1933년 「노송나무와 개양귀비」의 최종 원고를 수정하고 단 가 두 편을 지음. 9월 21일 법화경 1,000부를 인쇄하 여 지인들에게 나눠주라는 유언을 남기고 사망함.